국어 교과서 작품 읽기

전면 개정판 100% 활용북

중3

창비
Changbi Publishers

국어 교과서 작품 읽기: 중3 100% 활용북

펴낸이 · 강일우
책임편집 · 김도연 정소영
조판 · 장수경
펴낸곳 · (주)창비
등록 · 1986년 8월 5일 제85호
주소 · 10881 경기도 파주시 회동길 184
전화 · 031·955·3333
팩시밀리 · 영업 031·955·3399 편집 031·955·3400
홈페이지 · www.changbi.com
전자우편 · ya@changbi.com

우리는 학교에서 여러 과목을 공부합니다. 과목마다 학습 방법도 재미도 다르지만, 한 가지 공통점이 있다면 모두 우리말, 우리글로 이루어진다는 점입니다. 달리 말해 국어 공부가 바탕이 되지 않으면 다른 과목이 더 어렵게 느껴질 수도 있지요. 더욱이 국어는 학교에서 배워야 하는 공부의 대상일 뿐 아니라 우리 삶 곳곳에서 쓰이는 소통의 도구입니다. 따라서 국어를 익히는 과정은 세상과 소통하는 법을 배우며 한 인간으로서 성장하는 과정이기도 합니다.

'국어 교과서 작품 읽기'는 2010년 출간된 이래 수많은 학생들과 학부모, 선생님들에게서 큰 관심과 사랑을 받아 왔습니다. 이전까지 한 권이던 국정 국어 교과서에서 여러 권의 검정 국어 교과서로 바뀌면서 나오기 시작한 '국어 교과서 작품 읽기'는 변화된 교육 과정에 발맞추어 다종의 국어 교과서에 실린 문학 작품을 갈래별로 가려 뽑아 재구성해 다채로운 작품을 접할 수 있게 한 시리즈입니다. 초판 이후 2013년부터 새로운 교육 과정에 맞추어 개정판을 냈으며, 이번에 다시 한번 개정된 교육 과정에 맞추어 2020년 새 국어 교과서 9종에 대비하는 '전면 개정판'을 내게 되었습니다.

2018년부터 시행되고 있는 '2015 개정 교육 과정'은 학생이 자신과 세계를 이해하고 공동체의 구성원으로 소통하는 법을 배울 수 있도록 국어 교과 역량을 기르는 것을 강조합니다. 즉 비판적·창의적 사고 역량, 자료·정보 활용 역량, 의사소통 역량, 공동체·대인 관계 역량, 문화 향유 역량, 자기 성찰·계발 역량 등을 키우는 일이 중요해집니다. 이를 위해 과목을 넘나드는 창의 융합 활동이 제시되고, 학습량을 20퍼센트 가까이 줄이는 대신 학습의 질을 높였습니다. 국어 교과서에서도 문학 작품을 인문, 과학 영역과 접목해 통합적으로 읽고 생각하기를 권장하고 있습니다. 이번 '국어 교과서 작품 읽기'는 이처럼 문학 작품 독해의 질을 높이고 국어 능력을 강조하는 교육 과정의 큰 변화에 발맞추어 전면 개정한 것입니다. 이 시리즈는 문학 작품을 읽어 가면서 느낀 재미와 감동을 확인하고 생각하는 힘을 기르는 데 도움을 줄 것입니다.

차례

중3

시

「3월에 오는 눈」

▶「3월에 오는 눈」에서 "눈물이 되어 젖는 눈"이라는 말을 음미하다 보니 어쩐지 눈가가 따뜻하게 촉촉해져 오는 느낌이 드는데요. 내 마음을 기분 좋게 적시며 위로가 되던 말을 떠올려 예시처럼 써 봅시다.

[예시] "괜찮아. 넌 잘 할 수 있어."

"걱정하지 마. 네 곁에는 언제나 내가 있잖아."
"넌 원래부터 최고였어."
"너는 세상에서 가장 소중한 사람이야." 등등.

「봄비」

| 17쪽 |

▶「봄비」의 화자는 '왕벚나무에 내리는 봄비'를 보고 봄비가 나뭇가지에 입맞춤한다고 표현했습니다. 여러분도 자연의 어떤 현상을 보고 사람이 하는 행동처럼 상상하여 4행의 시로 표현해 봅시다.

강

강은
연어에게 엄마가 되는 길을 가르치려고
바다에서 강을 거슬러 오르는 물길을 만들었네
스스로 제 폭을 좁히고, 거칠고 굵은 돌덩이를 깔아 놓은 채

「가랑비」

| 19쪽 |

▶「가랑비」를 소리 내어 읽으면 리듬이 느껴지는데 그 까닭은 무엇일까요?

· 4음보의 반복 : 텃밭에/가랑비가/가랑가랑/내립니다
· 각운의 반복: ~ㅂ니다
· 시어의 반복: 가랑, 가랑파, 가랑가랑
· 문장 구조의 반복: ~에 ~가 가랑가랑 ~ㅂ니다

「봄나무」 | 21쪽 |

▶「봄나무」에서 봄을 맞이한 나무는 결국 새잎을 틔워 내는데요. 과연 나는 무엇을 새롭게 해
낼 수 있을까요? 새 학기를 맞이해 어떤 일이 생기면 좋을지 짧게 써 봅시다.

> • 나에게도 이성 친구가 생기면 좋겠다. 학교 끝나고 집으로 가다가도, 밤늦은 시간에 멍하니
> 있다가도 외롭고 힘들다는 생각이 문득문득 들고는 하는데 이성 친구가 생기면 서로의 마음도
> 알아 주고 챙겨 줄 수 있어서 좋을 것 같다.

> • 노력을 안 하는 것도 아닌데 점수는 여전히 오르지 않는다. 잡념이 너무 많아서 그런가? 이번
> 학기부터는 좀 더 집중해서 공부할 생각인데 성적이 잘 나와서 시험 때문에 스트레스를 받지 않
> 으면 좋겠다.

「나를 멈추게 하는 것들」 | 23쪽 |

▶ 살아오면서 자신을 멈추게 한 것이 있는지 생각해 보고, 괄호 안을 채워 문장을 완성해 봅
시다.

(   )이/가 나를 멈추게 한다.

> 아침 밥상에서 엄마가 건네주신 정호승 시인의 「봄길」이라는 시
> 나의 하얀 새 운동화 옆에, 낡고 해진 아빠의 헌 운동화
> "선영아, 잘 하고 있어." 하시며 나를 응원해 주는 선생님의 미소
> 내 곁에 다가와 다정하게 팔짱을 끼며 "오늘 우리 같이 밥 먹을까?" 하는 친구의 말 한마디

「봄은」 | 26쪽 |

▶「봄은」에서 전쟁 무기나 군사적 대립을 의미하는 2어절의 시어를 찾아보세요.

> 미움의 쇠붙이들

「첫사랑」 | 28쪽 |

▶ 「첫사랑」의 마지막 행 "세상에서 가장 아름다운 상처"는 어떤 의미인지 생각해 봅시다.

세상에서 가장 아름다운 상처는 나무가 겨울을 이겨 내고 피워 낸 봄꽃이자, 시련을 이겨 내고
모든 것을 다 바쳐 이룬 성숙한 사랑으로서 '아름다운 상처'는 이를 역설적으로 표현한 것이다.
봄꽃과 사랑은 상처가 상처로 끝나지 않고 온갖 시련을 이겨 낸 후 마침내 이뤄 낸 것이기에 황
홀 그 자체이며, 세상에서 가장 아름다울 수 있는 것이다.

「상처가 더 꽃이다」 | 31쪽 |

▶ 「상처가 더 꽃이다」에서 사백 년 고목은 의연하고 의젓해 보이기만 한데요. 여러분은 언제
자신이 의연하거나 의젓하다고 느끼나요?

친구가 실수로 한 말에 상처받지 않고 웃어넘길 때.
졸음을 이겨 내고 수업에 집중할 때.
그냥 놀러나 가자는 친구의 유혹을 이겨 내고 수학책을 펼 때.
게임만 하려는 동생을 차분한 목소리로 타이를 때.
출장 간 엄마 대신 밥을 차릴 때.
함부로 행동하지 않고 다른 사람을 생각하며 몸을 움직일 때.

「껍데기는 가라」 | 34쪽 |

▶ 「껍데기는 가라」에서 시인이 '껍데기는 가라!' 하고 외친 것처럼 여러분도 '~ 가라!' 하고
외치고 싶은 게 있을 거예요. 그것을 찾아 생각나는 대로 써 봅시다.

평생 짊어질 상처를 친구에게 가하는 청소년들의 폭력과 따돌림은 가라.
정파 싸움에만 빠져 민생을 살피지 않는 정치인의 위선은 가라.
자기 자녀만 잘 되기를 바라며 학위를 조작하는 기득권의 몰염치는 가라.

「봄」 　　　　　　　　　　　　　　　　　　　　　　　| 36쪽 |

▶「봄」에서 화자는 봄을 간절히 기다리고 있는데요. 지금 여러분이 기다리는 것은 무엇인지 솔직하게 말해 보기로 해요.

쉬는 시간, 방학하는 날, 용돈 받는 것, 친구랑 놀 시간, 좋아하는 가수의 콘서트 등.

「꽃」 　　　　　　　　　　　　　　　　　　　　　　　| 38쪽 |

▶「꽃」에서 '이름을 불러 준다'는 것은 어떤 의미를 가지는지 생각해 봅시다.

우리가 서로에게 이름을 붙여 주고 불러 준다는 것은 서로의 존재를 인정하고 그 소중함을 알아 주며, 함께 살아가는 의미 있는 존재로 여긴다는 뜻이다.

「햇빛이 말을 걸다」 　　　　　　　　　　　　　　　　　| 41쪽 |

▶「햇빛이 말을 걸다」에서 '햇빛이 하는 소리를 듣고 떡잎을 내미는 씨앗'도 있는 것 같은데요. '막 돋아나는 새싹'을 비유적으로 표현한 2어절의 시어를 찾아 써보세요.

푸른 귀

「우리 동네 구자명 씨」 | 44쪽 |

▶ 이 시의 구자명 씨(또는 구자명 씨 같은 주변 사람)의 삶에 공감하고 그를 위로하는 글을 써 봅시다.

구자명 아주머니,

안녕하세요? 저는 중학교 3학년 서선영이에요. 당신의 모습을 그린 시를 읽고 눈물이 날 뻔했어요. 왜냐하면 우리 엄마랑 정말 비슷한 삶을 사시는 것 같아서요. 저희 엄마는 서울에서 경기도로 한 시간 반 정도 걸리는 직장을 매일 오가십니다. 또 저희 사 남매를 키우시며 저희가 젖을 뗄 때까지 모두 합해 6년 동안이나 젖을 먹이셨죠. 밤마다 저희들 돌보랴, 직장에 다니랴 참 힘들게 사셨어요. 늘 피곤해하시고 잠이 부족해 꾸벅꾸벅 조는 엄마의 모습이 구자명 아주머니와 얼마나 닮아 있는지 몰라요. 저희 엄마는 저희들 하나하나를 믿음이, 희망이, 사랑이, 축복이라고 하시며 저희 자라는 모습에 힘을 얻는다고 하셔요. 구자명 아주머니와 우리 엄마 같은 사람이 옆에 계시기에 저희들은 건강하고 행복하게 자라고 있어요. 엄마들은 왜, 왜 엄마들만 이렇게 힘들어야 하는 건지 슬프고 화가 나기도 해요. 시를 읽고 엄마 생각이 나서, 엄마에게 드리는 마음으로 편지를 써 보았어요. 항상 건강하시길 바랍니다. 정말 감사합니다.

2019년 9월 30일
서울 사는 서선영 올림

「청포도」 | 47쪽 |

▶ 「청포도」에서 화자가 기다리는 대상이기도 하고 조국의 광복을 상징하기도 하는 시어는 다음 중 무엇일까요?

① 두 손 ② 내가 바라는 손님 ③ 우리 식탁 ④ 은쟁반 ⑤ 하이얀 모시 수건

② 내가 바라는 손님

「숲」 | 50쪽 |

▶ '나무 한 그루 한 그루는 숲이 되어 있을 때 더 아름답다.'는 말이 있지요. '교실이라는 숲'에서 여러분이 더 아름다운 나무가 되기 위해 가져야 할 마음가짐에는 무엇이 있을까요?

친구를 배려하는 마음, 친구의 말에 공감해 주는 것, 혼자서 외롭게 지내는 친구를 못 본 척하지 않는 따뜻함, 억울한 상황에 몰린 친구를 나몰라라 하지 않는 태도 등.

「비가 오면」 | 52쪽 |

▶ 「비가 오면」을 읽으면서 비에 반응하는 나무의 다양한 모습을 보았는데요. 만일 눈이 온다면 나무는 어떤 반응을 보일까요. 예시처럼 모방해 보면서 자유롭게 표현해 보기로 해요.

[예시] 손을 흔들어 눈을 털어 내는 나무

팔을 흔들어 눈을 맞이하는 **나무**
혀를 내밀어 눈을 받아 먹는 **나무**
머리로 받아 눈을 튕겨 내는 **나무**
콧바람으로 눈을 휙휙 날리는 **나무**
눈을 뭉치다 발등 위로 놓치는 **나무**

「남으로 창을 내겠소」 | 54쪽 |

▶ 「남으로 창을 내겠소」에서 '새 노래'나 '강냉이'와 같은 시어와는 달리 '세속적인 욕망이나 삶'을 함축적으로 보여 주는 시어를 찾아 써 보세요.

구름

「벼락」 | 56쪽 |

▶ 「벼락」에서 '노란 손톱 자국'과 '놀란 거인'은 각각 무엇을 의미하는 것인지 생각해 봅시다.

'노란 손톱 자국'은 '번개'를, '놀란 거인'은 쿵쿵 소리를 내는 '천둥'을 의미한다.

「비스듬히」 | 58쪽 |

▶ 기대고 있는 사람이 행복해하면 나도 덩달아 행복해지는 것 같은데요. 여러분이 마음을 기대 의지하고 있는 사람이 누구인지 생각해 보는 건 어떨까요?

엄마, 아빠, 담임 선생님, 국어 선생님, 내 친구 기영이, 내 짝 민아, 엄마 아빠 대신 나를 키워 주시는 할머니 등등.

「길」 | 61쪽 |

▶ 「길」에서 가장 마음에 와닿은 부분을 찾아 적어 보고, 그 이유를 써 봅시다.

"지금은 암것도 안 보이고 ~ 어디든 길은 째고 쌘 기라": 아직 꿈이 없는 나는 불투명한 미래에 대한 두려움을 갖고 있다. 친구들은 어떤 고등학교를 갈 것인지 정해져 있고, 하고 싶은 일도 뚜렷한 것 같은데 나만 내 진로를 못 찾은 것 같아 불안할 때가 많다. 그런데 이 부분을 읽고 다시 시작하는 것에 대한 두려움을 줄이고 '길이 있겠지.'라고 생각하면서 힘을 얻었다.

「호수 1」 | 63쪽 |

▶ 「호수 1」의 화자는 그리움을 도무지 감출 수가 없어 차라리 눈을 감고 마는데요. 만일 자신한테 참을 수 없을 만큼 보고 싶은 사람이 생긴다면 어떤 행동을 하며 견디게 될까요?

좋아하는 음악을 들으며 마음을 달랠 것 같다.
실컷 울고 나면 보고 싶지 않을 것 같다.
밥을 많이 먹고 일찍 잠들려 할 것 같다. 등등.

「분천강호가」제4수 | 65쪽 |

▶ 「분천강호가」가 오늘날 우리의 삶에 던지는 시사점은 무엇일지 생각해 봅시다.

예전이나 지금이나 형제 사이의 우애는 수십 번 강조해도 지나치지 않다. 형제의 우애는 핏줄을 넘어서 이웃과 정을 나누며 살아가는 가장 근본이 되는 덕목이다. 가정에서 형제자매끼리 배려하고 서로 사랑하며 사는 삶은 사회 전체를 따뜻하게 만드는 바탕이 된다.

「개를 여남은이나 기르되」 | 67쪽 |

▶ 「개를 여남은이나 기르되」를 읽고 다음 문장 중 맞는 것에는 ○를, 틀린 것에는 × 표시를 해 볼까요?

1. 화자는 개를 원망하고 있다. (○)
2. 의성어와 의태어를 사용하고 있다. (○)
3. 현학적인 표현 방법을 동원하여 임을 비판하고 있다. (×)
   * 이 시는 해학적인 표현 방법으로 임에 대한 그리움을 나타내고 있습니다.

「서시」 | 71쪽 |

▶ 다음 중 「서시」 5행의 "별을 노래하는 마음"과 거리가 먼 마음에 ∨표를 해 보세요.

① 희망을 노래하는 마음
② 이상적인 삶을 추구하는 마음
③ 양심을 지키며 살아가는 마음
④ 절망하고 좌절하는 마음 ∨
⑤ 순수하게 살아가는 마음

「들판이 적막하다」　　　　　　　　　　　　　　　　　　| 73쪽 |

▶ 메뚜기는 예전엔 벼에 피해를 주는 곤충으로 여겼는데, 요즘엔 건강한 논 생태의 지표가 되었어요. 「들판이 적막하다」에서 '메뚜기'는 '생명의 황금 고리'에서 무슨 역할을 하며, 시인의 창작 의도는 무엇인지 생각해 봅시다.

메뚜기가 사라진다면 메뚜기를 먹고 살던 종들이 목숨을 잃게 된다. 그러면 그 상위 포식자의 목숨이 위태로워지고, 결국 최상위 포식자인 인간의 목숨까지도 위협받게 된다. 아무리 하찮게 보이는 생명이라도 생태계의 유기적인 구성 요소를 이루고 있다. 그런데 메뚜기가 보이지 않는다는 것은 이러한 생태계의 유기적 연결 구조인 먹이 사슬이 파괴되고 있다는 뜻이다. 작가는 생태계의 순환 질서가 파괴되는 현실을 우려하고 있다.

「묵화」　　　　　　　　　　　　　　　　　　　　　　　| 75쪽 |

▶ 「묵화」에서 할머니와 소가 서로 바라보며 느꼈을 감정을 사자성어로 표현한다면 '동병상련 (同病相憐)' 정도가 적당하지 않을까 싶은데요. 동병상련의 뜻을 찾아 적어 보세요.

동병상련(同病相憐): '같은 병을 앓는 사람끼리 서로 애처롭게 여긴다'는 뜻으로 같은 처지에 놓인 사람끼리 서로 애잔하게 여기며 돕는 것을 말함.

「산에 언덕에」　　　　　　　　　　　　　　　　　　　　| 77쪽 |

▶ 「산에 언덕에」가 발표된 1960년대 초는 4·19 혁명이 일어난 직후입니다. 역사적 배경을 참고하여 "그리운 그"는 누구일지 생각해 봅시다.

"그리운 그"는 4·19 혁명 과정에서 뜻을 이루지 못하고 희생된 많은 사람들이다. 작가는 역사의 소용돌이 속에서 희생당한 영혼들을 기리며, 그들의 부활과 그들이 남긴 뜻을 잊지 말고 계승하려는 마음을 갖고 있다.

「성북동 비둘기」 | 80쪽 |

▶「성북동 비둘기」 2연의 "채석장 포성"과 같이 '인간에 의한 자연의 파괴'를 청각적 이미지
로 형상화하고 있는 3어절의 시구를 1연에서 찾아 써 보세요.

돌 깨는 산울림

「돼지고기 두어 근 끊어 왔다는 말」 | 82쪽 |

▶ 어머니는 왜 "이웃에 고기 볶는 냄새 퍼져 나가 좋을 거 없다"고 하셨을까요?

고만고만하게 가난하던 시절, 자기 식구들만 고기를 먹는 게 영 미안해서 그랬을 것 같다. 넉넉
한 형편이면 이웃과 나눠 먹을 텐데 그렇지 못하니, 고기가 먹고 싶어도 먹지 못하고 있을지 모
를 이웃을 생각해 가급적 냄새라도 새어 나가지 않게 했을 것 같다.

「제망매가」 | 84쪽 |

▶「제망매가」에서 "어느 가을 이른 바람에/이에 저에 떨어질 잎처럼"은 무엇을 뜻하는 표현
인지 생각해 봅시다.

젊은 나이에 죽은 누이를 '이른 바람', '떨어질 잎'에 비유하여 삶의 덧없음을 나타내고 있다.

「청산별곡」 제1연 | 86쪽 |

▶「청산별곡」에서 현실과 대조되는 공간이자 이상적인 세계를 의미하는 시어를 찾아보세요.

청산

「천만리 머나먼 길에」 | 88쪽 |

▶ 「천만리 머나먼 길에」에서 화자는 '흐르는 시냇물'에 자신의 감정을 불어넣어 표현하고 있습니다. 그리하여 화자와 시냇물을 동일시('시냇물 흐르는 소리'를 '화자의 울음소리'로 여김)하고 있지요. 이 시의 화자처럼 사물에 정서를 불어넣어 한 편의 모방 시조를 써 봅시다.

나뭇잎 떨어지듯 성적이 뚝─뚝─뚝─뚝
내 마음 둘 데 없어 밤길 혼자 앉았는데
저 새도 내 맘 같아서 밤하늘을 헤맨다.

「내 마음 베어 내어」 | 90쪽 |

▶ 「내 마음 베어 내어」에서 임에 대한 사랑과 그리움을 드러내기 위해 사용한 구체적인 소재는 무엇인가요?

달

「눈 오는 날」 | 93쪽 |

▶ 눈 오는 날이 아니어도 좋아요. 사람들과 어울리고는 있지만, 마음은 딴 데 가 있었던 경험을 말해 봅시다.

• 중1 때 아버지가 돌아가시고 엄마는 새아빠와 재혼을 하셨다. 새 가족과 산 지 일 년이 넘었지만, 난 아직도 아버지를 잊지 못하고 있다. 특히 즐겁고 행복한 순간마다 우리 아버지가 더 생각난다. 특히 아빠가 좋아하는 눈 오는 날에는 더 많이…….

• 중2 때 단짝 친구 영서랑 싸운 후, 며칠 동안 말도 안 하고 지낸 적이 있다. 다른 아이들과 함께 삼삼오오 짝을 지어 영화도 보러 가고 맛있는 것도 사 먹으면서 놀이공원에서 놀았지만, 함께 못 온 영서가 계속 마음에 남아 있었다. 함께 간 친구들이 "왜 그래?" 하면서 물었지만 결국 말하지 못하고 하루를 우울하게 보내고 말았다. 지금은 언제 그랬냐는 듯이 영서랑 잘 지내고 있지만, 이 시를 보면서 작년 생각이 나 웃음도 나고 공감도 되었다.

「멧새 소리」 | 95쪽 |

▶「멧새 소리」에서 시간적 배경이 드러나는 시행에 밑줄을 그어 볼까요?

해는 저물고 날은 다 가고 볕은 서러웁게 차갑다

「수라」 | 98쪽 |

▶「수라」의 화자처럼 어떤 일을 '별생각 없이' 했다가 혼란한 상태를 야기한 적이 있는지 생각해 봅시다.

• 거실에 단추 하나가 굴러다니기에 발로 툭 차서 소파 밑으로 넣어 버렸는데 나중에 알고 보니 그게 아빠의 겨울 코트 단추였다. '아, 이런.' 엄마 아빠랑 거실 바닥에 얼굴을 대고 소파 아래를 샅샅이 뒤져 보았지만 단추가 나오지 않았다. 결국 소파를 들어낸 뒤에야 겨우 찾을 수 있었다.

• "한번은 내가 어머니의 자석 목걸이의 줄을 끊어서 일일이 된 조그만 자석을 가지고 놀았다. 그 자석을 귀에 넣었다 빼는 장난을 치다가 귓구멍에 들어간 자석 하나가 도무지 빠지지 않았다. 그 일이 벌어진 것은 저녁 무렵이었는데, 아버지가 이웃집에 가서 커다란 자석을 빌려다가 내 귀에 대어 보기도 했지만, 자석은 도통 빠지지 않았다. 나는 귓속에 자석을 넣은 채로 잠을 자고 일어나서 이튿날 아침에 아버지의 오토바이를 타고 이비인후과에 갔다." (─ 유병록 「여전히 따뜻하다」, 『안간힘』, 미디어창비 2019, 99~100면)

「빨래꽃」 | 100쪽 |

▶「빨래꽃」에서 사람이야말로 어떤 꽃과도 비교할 수 없을 만큼 대단하고 소중하다는 것을 강조하기 위해 의문의 형식을 사용하고 있는 시행을 찾아보세요.

사람보다 기막힌 꽃이 어디 또 있습니까

「얼굴반찬」 | 102쪽 |

▶ 「얼굴반찬」에서 '얼굴반찬'은 무엇을 의미하는지 생각해 봅시다.

밥을 먹을 때는 반찬이 필요하다. 이 시에서 얼굴반찬은 입으로 먹는 반찬이 아니다. 그것은 가족의 얼굴을 보면서 마음으로 느끼는 반찬이다. 밥상머리에서 가족들 얼굴을 맞대고 서로 이런저런 이야기를 나누다 보면 몸은 말할 것도 없고 마음도 건강해지고 즐거워진다. 이처럼 마음을 주고받으며 세상 살아가는 재미를 느끼게 하는 반찬이 곧 얼굴반찬이다.

「광화문, 겨울, 불꽃, 나무」 | 105쪽 |

▶ 가지마다 불이 켜진 전구를 칭칭 감은 채로 밤을 보내는 가로수의 입장이 되어 인간에게 하고 싶은 말을 해 보면서 자연의 이치에 대해 생각해 보는 건 어떨까요?

• 매연과 소음에 시달리는 것도 지겨운데 이젠 한숨도 못 자게 하는 인간이여. 너희를 몇 날 며칠이고 잠들지 못하게 하면 좋겠어? 좋겠냐고!

• 너희가 보기에 화려하고 아름답다고 여기는 것이 전부라고 착각하지 않으면 좋겠어. 너희가 즐거워하며 웃을 때 우리가 얼마나 괴롭고 고통스러운지도 제발 한 번쯤은 생각해 줘.

「가난한 사랑 노래」 | 108쪽 |

▶ 「가난한 사랑 노래」가 발표된 1980년대의 젊은이들이 처한 현실과, 그로부터 40여 년이 지난 지금의 젊은이들이 처한 현실을 비교해 봅시다.

도시 노동자들의 삶은 예나 지금이나 별로 달라지지 않았다. 이 시가 발표된 1980년대는 도시로 몰려든 노동자들이 열악한 환경에서 힘들게 일하면서도 가난을 벗어나기가 몹시 어려웠다. 40여 년이 지난 지금은 청년들을 위한 복지와 청년 실업을 구제하려는 많은 노력이 있으나, 이 시에 나오는 것처럼 힘들게 살아가는 젊은이들의 삶은 여전히 존재한다.

「행복」 | 110쪽 |

▶ 우리도 시인처럼 '행복'에 대해 생각해 보면 좋을 것 같은데요. 아래 예시와 같이 괄호 안을 채워 문장을 완성해 보세요.

[예시] 행복하다는 것은 학교 끝났을 때 단짝과 함께 갈 떡볶이집이 있다는 것.

- 행복하다는 것은 (시험 볼 때 아는 문제가 나왔다는 것.)
- 행복하다는 것은 (심심할 때 같이 떠들 친구가 있다는 것.)

「딸을 위한 시」 | 112쪽 |

▶ 여러분의 부모님(또는 조부모님)은 여러분에게 어떤 사람이 되라고 하시는지, 그리고 그 이유는 무엇인지 말해 봅시다.

- 할머니는 늘 내게 '성실한 사람'이 되라고 말씀하신다. 아무리 사회가 변해도 성실한 태도는 모든 것의 기본이 된다고 말씀하신다. 사람은 성실한 대로 이루어진다고.
- 부모님은 '창의적인 사람'이 되라고 하신다. 어린아이 같은 눈으로 무에서 유를 창조하는 유연성과 관찰력이 있어야 미래 사회에 적합한 사람이 될 수 있다고.

「단심가」 | 114쪽 |

▶ 고려 왕조에 대한 변함없는 충심을 드러내고 있는 시어를 찾아보세요.

일편단심

「까마귀 눈비 맞아」 | 116쪽 |

▶「까마귀 눈비 맞아」에서 '까마귀'와 '야광명월'은 당시 조선의 정치 상황을 고려할 때, 각각 누구를 상징하는지 생각해 봅시다.

까마귀: 세조 또는 세조를 따르는 간신(奸臣)들
야광명월: 단종 또는 단종을 따르는 충신(忠臣)들

중3

소설

1. 초코맨의 사회 | 16~17쪽 |

1. '초콜릿'과 '치즈'를 다음과 같이 정의할 때, 이 소설에서 '초코맨'과 '치즈맨'은 각각 어떤 인간상을 상징하는지 적어 보자.

초콜릿	치즈

• 달달해서 순간적인 에너지 충전에 좋다.
• 향이 강해서 다른 요리와
  섞어 먹지는 않는다.
• 알맞게 딱딱해서 깔끔하게
  쪼개 먹기 편하다.
	• 짭짤하고 고소하며 철분을 함유하고 있다.
	• 음식의 매운맛을 부드럽게 감싸 준다.
	• 실온에서는 녹고 상하기 쉬우므로
	  냉장 보관해야 한다.

초코맨	치즈맨
눈에 잘 띄는 사람 협업보다 혼자 일하는 것을 더 좋아하는 사람 자기 분야에서 능력이 뛰어난 사람	다른 사람들과 잘 어울리는 사람 다양한 사람들의 화합에 기여하는 사람 앞장서지 않고 다른 사람에게 묻어가는 사람

2. 이 소설의 마지막 문장 "그런 시대인 것이었다."에서 '그런 시대'가 의미하는 바를 한 가지 이상 말해 보자.

[예시] 발전 속도가 너무 빨라서 따라잡기 어려운 시대

• 사회가 원하는 능력을 키워 스펙을 많이 쌓아야 하는 시대
• 고용 불안에 무한 경쟁으로 내몰리는 시대
• '집단'에 맞춰 가느라 '개인'은 힘겹고 불행한 삶을 살아야 하는 시대

3. 다음과 같은 C의 물음에 나라면 어떻게 대답할지 생각해 보고 그 이유를 써 보자.

- 어떻게 생각해, 응?

C가 말했다. 나는 뭘 어떻게 생각하느냐고 물었다.

- 이대로 다시 흐름이 바뀌길 기다려 볼까, 아니면 다시 초코맨으로, 응?

나는 C가 치즈맨도 초코맨도 아닌 C로 살았으면 좋겠어.

왜냐하면 누군가가 원하는 방향에만 맞춰 사는 건 너무 불행하다고 생각하기 때문이야. C의 삶의 주인은 바로 C이니까.

2. 길모퉁이에서 만난 사람 | 32~33쪽 |

1. 등장인물 저마다의 특징을 알아보고, 그들의 공통점을 찾아보자.

	특징	공통점
김밥 아줌마	• 무뚝뚝하다. • 맛을 속이지 않는다. • 오로지 자기 일에 몰두하여 맛이 기가 막힌 김밥을 만든다.	
빵떡모자 아저씨	• 성실하고 한결같다. • 야채와 과일을 고르는 안목이 있다. • 자신이 파는 물건에 자부심이 있다.	• 한결같다. • 성실하다. • 소신 있다.
김대호 씨	• 행동이 느리고 말꼬리가 길다. • 주위 사람을 편하게 대한다. • 일할 때 꼼꼼하고 실수가 없다.	

2. 단골집 사장님, 친구, 이웃 등 내가 길모퉁이에서 만난 사람을 떠올려 보고 그 사람의 특징을 잘 살려 소개해 보자.

지하철역 출구 앞의 포장마차 아주머니는 늘 한결같이 그 자리를 지키고 있다. 햇볕이 내리쬐는 여름도, 눈이 펑펑 내리는 겨울도 출구 앞 모퉁이는 항상 포장마차 아주머니의 자리다. 손님들이 오면 아주머니는 주문에 따라 무뚝뚝하게 떡볶이나 어묵을 건네고, 빠른 셈으로 거스름돈을 돌려준다. 가게에 들른 손님들은 항상 기분 좋게 발걸음을 옮기는데, 어묵 국물을 내미는 무심한 아주머니의 손에 묻어난 친절을 알기 때문이다.

3. 자주 찾는 단골 가게나 웹사이트를 SNS에 추천하는 글을 써 보자.

이름(상호)	○○ 커피집	분야	카페
주소	○○시 ○○구 ○○길		
이용 후기	친절한 사장님과 향기로운 커피가 있는 곳. 동네에서 소문난 바닐라라떼 맛집! 사장님이 올려 주시는 라떼 아트가 정말 예쁘다. 매장에 틀어 주시는 음악도 정말 좋고, 자주 놀러 오는 동네 고양이도 사랑스러운 곳.		
첨부 사진			
해시태그	#커피맛집 #친절한_사장님 #취향저격_배경음악 #카페마스코트_고양이		

3. 마술의 손 | 70~72쪽 |

1. 이 소설의 밤골에 일어난 사건을 시간순으로 정리한 것이다. 빈칸에 알맞은 말을 넣어 보자.

앞산 중턱에 전신주가 선 지 오십여 년 만에 마을에 전기가 들어옴.

⬇

전깃불이 들어오고 마을 잔치를 벌인 다음 날, 양복을 뽑아 입은
청년들이 텔레비전을 마을에 가지고 와서 홍보함.

⬇

마을의 아낙네들은 연속극 이야기에 빠져 가정불화를 일으키기도 함.

⬇

밤골에 백 개가 넘는 안테나가 서게 되고, 청년들이 매달 같은 날짜에 나타나
돈을 받아감. 돈을 갚지 못한 집은 텔레비전을 빼앗기는 수난을 당함.

⬇

월전댁이 주말 연속극에 빠져 있는 동안 집에 불이 남.

2. 밤골에 텔레비전이 들어오기 전과 후의 마을 사람들의 삶을 비교해 보고, 이를 통해 작가가 말하고자 하는 바에 대해 생각해 보자.

텔레비전이 들어오기 전	텔레비전이 들어온 후
• 마을 사람들끼리 생활 속의 이야기를 나누며 정답게 지냄. • 무더운 여름밤, 아이들은 반딧불을 쫓고 어른들은 당산나무 아래 모여 이야기를 나눔. • 잔치가 열리면 잔칫집에 모여 밤늦게까지 일을 도와줌.	• 마을의 화제가 거의 텔레비전과 연관된 것으로 바뀜. • 텔레비전이 있는 집과 없는 집 사이가 고약하게 일그러짐. • 연속극에 빠진 아낙네들이 가정불화를 일으킴. • 집집마다 텔레비전 앞에 매달려 사람들의 바깥출입이 뜸해짐. • 잔칫집에 일손이 모자라도 돕겠다고 나서는 이웃이 없어서 생전 처음 품삯을 주고 사람을 사게 됨. • 불이 났다고 외치는데도 이웃 사람들이 얼른 나와 보지 않음.

작가가 말하고자 하는 바
전기가 마을에 들어오면서 저녁마다 마당에 모여 어울려 놀던 마을 사람들은 점점 개인의 삶을 즐기게 된다. 또한 문명의 혜택을 받은 이와 그렇지 못한 이들 사이에 위화감이 생기기도 한다. 작가는 산업화와 근대화 과정에서 공동체가 사라지고 인간성이 상실되어 가는 사회 모습을 비판하고 있다.

3. 월전댁의 집에 발생한 화재의 책임이 누구에게 있다고 생각하는지 밝혀 보자.

나는 화재의 책임이 텔레비전(주말 연속극)**에/에게 있다고 생각해.**
왜냐하면 월전댁이 텔레비전이 생긴 이후로 주말 연속극에 빠져 집안일이나 가족을 돌보는 일에 소홀했기 때문이야. 텔레비전이 없었다면 이런 일이 일어나지 않았을 거야. 불길이 부엌을 다 채우고 처마로 번졌으니, 화재는 부엌에서 시작된 게 틀림없어. 월전댁이 주말 연속극을 볼 생각에 설거지를 대충 하면서 뒷마무리를 제대로 안 했**(이)기 때문이야.**

4. 다음 사자성어를 참고로, 밤골 사람들에게 해 줄 수 있는 조언이 담긴 편지를 써 보자.

과유불급(過猶不及) 정도를 지나침은 미치지 못함과 같다는 뜻.

밤골에 처음 전기가 들어왔을 때 새로운 세상이 펼쳐진 것 같아 신나고 즐거우셨지요? 하지만 마을의 변화가 꼭 좋은 일만 가져다준 것은 아니었어요. 텔레비전 때문에 마을 사람들 사이에 시비가 생기거나 연속극의 내용이 가정불화로 이어지는 문제가 생겼습니다. 월전댁만 해도 주말 연속극에 푹 빠져 집에 불이 난 줄도 모르고 큰일을 당하지 않았나요? 모든 일은 '과유불급'이라고 했습니다. 마을에 전기가 들어오고 텔레비전이 보급됨에 따라 사람들의 생활이 재미있고 편리해진 것은 사실이지만, 지나치게 텔레비전에 빠져 현실의 삶에 나쁜 영향을 준다면 그것은 문제가 될 수 있어요. 연속극의 이야기는 작가가 만들어 낸 허구의 세상입니다. 따라서 연속극의 이야기가 현실 그 자체는 아니지요. 앞으로는 텔레비전을 통해 얻는 다양한 정보를 무조건 받아들이는 대신 비판적으로 판단하고 적절하게 수용해 보세요. 또, 텔레비전 앞에 있는 시간보다 가족 또는 주변 사람들과 도란도란 이야기하며 함께 하는 시간을 늘려 보는 것은 어떨까요?

4. 노새 두 마리 | 104~105쪽 |

1. 제목 '노새 두 마리'는 각각 누구를 가리키는지 빈칸을 채우고 이를 바탕으로 주어진 문장에 이어질 내용을 써 보자.

   노새 두 마리 '마차를 끄는 노새'와 '아버지'을/를 가리킨다.

   자동차가 달리는 도시에서 무거운 연탄을 끌고 언덕길을 오르다 미끄러진 노새처럼 아버지 **은/는** 연탄 배달로 가족의 생계를 책임지고 있으나 노새가 도망가는 바람에 곤경에 빠진다.

2. 이 소설의 마지막 부분을 참고하여 '아버지'에 대한 인물 간의 서로 다른 태도를 비교해 보자. 이를 바탕으로 이 소설의 서술자를 1인칭 관찰자인 어린 아들 '나'로 설정한 이유를 써 보자.

   > 언젠가 남편이 택시 운전사인 칠수 어머니가 하던 말, "최소한도 자동차는 굴려야지 지금이 어느 땐데 노새를 부려." 했다는 말이 생각났다. 그러나 그것은 잠깐 동안이고 나는 금방 아버지를 쫓았다. 또 한 마리의 노새를 찾아 캄캄한 골목길을 마구 뛰었다.

   아버지에 대한 태도
   - **다른 사람들** '아버지'를 무능하다고 비난
   - **나** '아버지'를 안타깝게 여기면서 걱정

   어린 아들인 '나'를 서술자로 설정한 이유
   어린 아들의 눈으로 노새를 모는 '아버지'의 삶을 정직하게 관찰하고, 이를 통해 산업화와 도시화 과정 속에서 고단하게 살아가는 하층민들의 삶을 보여 주려고 서술자를 어린 '나'로 설정한 것 같다.

3. 노새를 몰고 연탄을 배달하는 직업은 근대화와 도시화 과정 속에서 사라졌다. 다음은 최근 사회적으로 이슈가 된 새로운 서비스 업종에 대한 소개이다. 이를 참조하여 현재는 활발히 쓰이나 미래가 불투명한 업종을 선정하고 그 이유를 써 보자.

> **승차 공유 서비스**
>
> 인터넷이나 모바일 앱을 통해 차량 운전자와 탑승자를 연결해 주는 서비스로, 일종의 공유 경제이다. 공유 경제는 자가용, 빈방 등 개인의 물건이나 부동산을 다른 사람들과 함께 공유함으로써 자원 활용을 극대화하는 경제 활동이다.

- **미래가 불투명한 업종** 택시 기사.
- **선정 이유** 목적지가 같거나 비슷한 차량 운전자와 이용자가 카풀을 할 수 있게 되면 택시를 이용할 때보다 비용이 저렴할 테고, 그러면 택시 이용자 수가 줄어들 것 같다.

4. 이 소설 속 '아버지'와 같이 일자리를 잃고 나면 당장 생계가 막막한 힘없는 이들을 위해 국가와 사회는 어떤 안전망(노령, 실업, 재해, 질병 등 현대 산업 사회의 위험으로부터 시민을 보호하는 제도적 장치)을 마련하고 있는지 다음을 참조하여 조사해 보자.

고용노동부 고용안전망 정책, 노사발전재단 중장년 일자리 희망 센터 등

- 직장에 다니면서 고용보험에 가입했던 사람들 중에 원치 않는 이유로 일자리를 잃게 된 사람들을 위해 고용노동부에서는 구직급여를 지급하고 있다. 다른 회사에 취직하기 전까지 수입이 없어 생계를 이어가기 힘든 사람들을 위한 제도이다. 기존 직장에서 받던 평균 임금의 50%를 지원받을 수 있고, 고용보험에 가입한 기간에 따라 구직급여를 받는 기간이 달라진다.

- 노사발전재단의 중장년 일자리 희망 센터에서는 '전직 스쿨 프로그램'을 운영하고 있다. 퇴직 예정자를 대상으로 퇴직 후의 창업이나 취업 등의 다양한 진로 계획을 알려 주고 준비할 수 있도록 돕는 교육 프로그램이다.

5. 꺼삐딴 리 | 153~155쪽 |

1. 주인공 이인국 박사는 회중시계를 보며 어지러웠던 과거를 떠올린다. 소설 속의 사건을 시간순으로 정리해 보자.

㉠ 외국인 교수와 결혼하겠다는 딸의 편지를 받음.

㉡ 자신이 운영하는 병원에서 사상범의 입원을 거부함.

㉢ 아들을 모스크바로 유학 보냄.

㉣ 반민족 행위를 한 까닭으로 연행되어 감옥에 수감됨.

㉤ 미국에 쉽게 가기 위해 대사관의 브라운 씨에게 선물을 건넴.

㉥ 일제 강점기에 경성 제국 대학을 우수한 성적으로 졸업하면서 회중시계를 상으로 받음.

㉥ → ㉡ → ㉣ → ㉢ → ㉠ → ㉤

2. 작품의 내용을 바탕으로 중심인물인 '이인국'을 소개하는 인물 카드를 작성해 보자.

이름	이인국
직업	외과 의사
출생 및 활동 시기	일제 강점기에 태어나 8.15광복과 6.25전쟁을 겪음.
가족 관계	• 아내: 거제도 수용소에서 죽음. • 아들: 소련 유학을 간 후 생사를 모름. • 딸(나미): 미국에 있음, 동양학을 연구하고 있는 외인 교수와 결혼하려고 함. • 혜숙: 후처, 이인국과 이십 년의 나이 차이가 남, 이인국과의 사이에서 돌 지난 아이가 있음.
특기	일본어, 러시아어, 영어 등 외국어에 능통함.
성품	• 의사로서 환자의 건강보다는 의료 행위를 통해 벌어들일 돈에만 관심이 있는 이기적인 모습을 보임. • 공동체 의식이 없고 사회가 바뀔 때마다 그때그때의 상황에 따라 자신에게 이로운 쪽으로만 행동함. 일제 강점기에는 일본인 환자만 상대했으며, 해방 이후에는 권력층, 재벌 등의 치료에만 전념함. • 집안의 일에 대해 가족의 의견을 듣지 않고, 자신이 생각하는 대로만 독단적으로 밀고 나감.

3. [가]에서 설명하고 있는 역사적 배경을 참고하여 [나]에 드러난 이인국의 행적을 통해 작가가 비판하고자 하는 것이 무엇인지 써 보자.

【가】1945년 8월 미국이 히로시마에 원자 폭탄을 투하하자 결국 일본은 항복했고, 이로써 우리는 35년간의 식민 통치에서 벗어날 수 있었다. 그러나 전쟁에서 승리한 연합국의 미국과 소련의 이해가 엇갈리면서 삼팔선을 기준으로 북쪽은 소련이, 남쪽은 미국이 통치하게 된다. 결국 1948년, 남북한에 서로 다른 두 개의 정부가 세워진 뒤 1950년 6월 25일 한국 전쟁이 발발하였고 이후 남북이 분단되어 서로 왕래할 수 없게 된다.

【나】'흥. 그 사마귀 같은 일본 놈들 틈에서도 살았고 닥싸귀 같은 로스케 속에서도 살아났는데, 양키라고 다를까……. 혁명이 일겠으면 일고, 나라가 바뀌겠으면 바뀌고, 아직이 이인국의 살 구멍은 막히지 않았다. 나보다 얼마든지 날뛰던 놈들도 있는데, 나쯤이야…….'

작가는 역사의 전환기마다 눈앞의 이익만을 따르며 카멜레온처럼 살아온 이인국의 삶을 통해 기회주의적인 삶을 비판하고자 하였다.

4. 일제 강점기부터 1950년대에 이르기까지 격변하는 시대를 살았던 인물의 삶에 대해 공감할 만한 것과 비판할 만한 것을 생각해 보고, '이인국'의 인물됨에 대한 나의 생각을 써 보자.

공감할 만한 것	비판할 만한 것
• 급격하게 변화하는 시대에 적응하기 위해 스스로 노력함. • 외국어의 중요성을 알고 일본어, 러시아어, 영어 공부를 열심히 함.	• 일제 강점기에 친일 행위를 하고, 반일 투사를 치료해 주지 않음. • 환자를 먼저 생각하는 의사로서의 본분을 잊고 돈 버는 일만 중요하게 여김.

⬇

'이인국'의 인물됨에 대한 나의 생각

나는 이인국이 기회주의자 **라고 생각해.**
왜냐하면 언제나 힘이 있는 쪽에 기대어 자신만 잘살고자 했어. 또한 의사로서 사회의 지식인이라 할 수 있는 위치에 있었지만, 상황에 따라 자신의 안위와 이익만을 추구하는 것에 급급해 사회 전체의 이익을 위해 전혀 노력하지 않았**(이)기 때문이야.**

6. 수난 이대 | 179~182쪽 |

1. 다음은 이 소설 속 중심인물과 가상 인터뷰를 한 내용이다. 괄호 안을 채워 가며 작품의
   시대 상황을 파악해 보자.

기자 오늘은 「수난 이대」의 주인공 박만도 씨와 인터뷰를 하겠습니다. 안녕하세요?

만도 안녕하십니꺼. 불러 주셔서 억수로 영광입니다.

기자 우선 일제 강점기에 강제로 (징용)되어 일을 하다가 사고를 당하셨다고 들었는데
     요. 그때 이야기 좀 들려주시죠. 어떤 일을 하셨나요?

만도 섬에다가 비행장을 닦는 일이었습니다. 숨 막히는 더위와 강제 노동으로 하루하루
     가 죽을 것 같았습니다. (연합군)의 비행기가 날아와 폭격을 하니까 일본군 비행기
     를 집어넣을 굴을 팠지예. 그러던 중 (공습)을 당해 결국 팔 하나를 잃게 됐습니다.

기자 지금 말씀해 주신 상황은 제2차 세계 대전 중 아시아 지역에서 일본과 연합군이
     벌인 (태평양 전쟁)과 관련이 있군요. 일본이 강제로 징용해 간 한국인 수가 66만
     7천 명이 넘는다고 하니, 정말 많은 분들이 고생하셨습니다.

만도 그렇지예. 하지만 마, 다 지난 일이지예.

기자 그렇다면 어르신 삶에서 가장 힘들었던 시기는 그때였나요?

만도 어데예. 지 팔 하나 없어지 삐린 거는 아무것도 아니라예. 그보담도 우리 아들이
     한쪽 다리 잃고 돌아왔을 땐 정말 딱 죽고 싶더마. 젊은이들이 (한국 전쟁 혹은
     6.25 전쟁)에 참전했다가 (전사)한 사람이 수두룩한데, 우리 진수가 살아 돌아온다
     는 통지를 받고 우찌나 좋던지. 근데예, 플랫폼에서 바람결에 펄럭이는 그놈의 바
     짓가랑이를 봤을 땐 그저 멍하기만 하다가 코허리가 찡해지면서 눈물이 왈칵 쏟
     아집디더.

기자 아, 그러셨군요. 두 분 모두 무척 가슴 아프셨겠습니다.

만도 그래도 우야겠습니꺼. 산목숨은 살아야지예. 앞으로 집에 앉아서 할 일은 진수 가
     가 하고, 나댕기메 할 일은 아버지인 지가 하면서 힘을 합쳐 잘 살아 볼랍니다.

기자 네, 두 분 모두 용기 잃지 않고 힘내서 살아가시길 진심으로 기원합니다. 지금까지
     솔직한 이야기 들려주셔서 감사합니다.

2. 이 소설 속 '만도'와 '진수'가 겪은 일을 비교해 보고 두 사람이 처한 현실의 공통점을 파악해 보자.

인물	인물이 처한 상황	공통점
만도 (아버지)	태평양 전쟁에서 징용에 끌려가 폭발 사고로 한쪽 팔을 잃음.	전쟁으로 인해 신체적 장애를 가지게 되었고 정신적 상처도 입었으나, 이런 상황을 큰 갈등 없이 받아들임.
진수 (아들)	한국 전쟁에 참전하여 수류탄 파편을 맞아 한쪽 다리를 잃음.	

3. 활동 2를 참고하여 소설의 제목 '수난 이대'에 담긴 의미를 말해 보자.

태평양 전쟁 때 수난을 겪은 아버지(만도)로부터 한국 전쟁 때 수난을 겪은 아들(진수)에 이르기까지, 전쟁 때문에 2대에 걸쳐 겪어야만 했던 가족의 수난을 말한다.

4. 다음 장면을 참고하여 작품에 등장한 소재의 의미를 파악해 보자.

- 장거리를 찾아가는 것이었다. 진수가 돌아오는데 **고등어**나 한 손 사 가지고 가야 될 게 아닌가 싶어서였다. 장날은 아니었으나, 고깃전에는 없는 고기가 없었다. 이것을 살까 하면 저것이 좋아 보이고, 그것을 사러 가면 또 그 옆의 것이 먹음직해 보였다. 한참 이리저리 서성거리다가 결국은 고등어 한 손이었다.
- 진수는 지팡이와 고등어를 각각 한 손에 쥐고, 아버지의 등어리로 가서 슬그머니 업혔다. 만도는 팔뚝을 뒤로 돌리면서 아들의 하나뿐인 다리를 꼭 안았다. 그리고, "팔로 내 목을 감아야 될 끼다." 했다. 진수는 무척 황송한 듯 한쪽 눈을 찍 감으면서 고등어와 지팡이를 든 두 팔로 아버지의 목줄기를 부둥켜안았다. 만도는 아랫배에 힘을 주며 끙하고 일어났다. (중략) 만도는 아직 술기가 약간 있었으나, 용케 몸을 가누며 아들을 업고 **외나무다리**를 조심조심 건너가는 것이었다. 눈앞에 우뚝 솟은 용머리재가 이 광경을 가만히 내려다보고 있었다.

소재	의미
고등어	• 아들 진수에 대한 아버지 만도의 사랑을 나타냄.
외나무다리	• 만도와 진수에게 닥친 고난, 시련을 상징함. • 만도와 진수가 함께 건너며 시련을 극복할 수 있다는 희망을 보여 줌.

5. '만도'라는 인물의 성격과 그에게서 배울 점을 밝혀 보고, 내가 그의 입장이 되었더라면 어떠했을지 써 보자.

만도의 성격	• 순박함. • 낙천적이고 의지가 강함.
만도에게 배울 점	• 전쟁 때문에 신체적 장애를 가지게 된 절망의 상황 속에서도 좌절하지 않고, 오히려 아들 진수를 달래고 위로함. • 아들과 함께 힘을 합쳐 어려움을 극복하려는 의지적인 모습을 보임.

내가 만도의 입장이 되었더라면?

내가 만도의 입장이 되었더라면 앞으로 다가올 미래에 대해 희망을 가지고 살아갈 수 있었을까? 내가 잘못한 것이 하나도 없는데도 오로지 전쟁이라는 시대적 상황 때문에 크나큰 고통과 어려움을 겪게 되었다면 만도처럼 그것을 극복하고 살아가기 어려웠을 것 같다. 한쪽 팔이 없는 불행한 삶, 거기에 한쪽 다리를 잃은 아들까지 함께 살아가야 한다니……. 손가락에 생긴 작은 상처에도 아픔과 불편함을 느꼈던 나의 경험을 통해 만도의 삶이 얼마나 힘들고 어려웠을지 짐작해 본다.

7. 허생전 | 205~207쪽 |

1. '허생'의 행적을 따라 소설 속 사건을 요약해 보자.

허생의 집 | 글만 읽던 허생이 가난한 살림에 지친 아내의 말을 듣고 집을 나서다.

⬇

변 부자의 집 | 시험해 보려는 것이 있다며 서울 장안의 변 부자에게 만 냥을 빌리다.

⬇

안성 | 충청도, (전라도), (경상도)의 길목이 되는 안성으로 내려가
(과일을 사재기했다가 되팔아) 큰돈을 벌다.

⬇

(제주도) | (제주도)로 가서 (말총)을 사들였다가
(망건 값이 치솟은 후에 되팔아) 엄청난 돈을 벌다.

⬇

빈 섬 | 도적 떼를 데리고 빈 섬에 들어가 농사를 짓고,
남은 식량을 배에 싣고 (장기도로 가서 팔아) 돈을 벌다.

⬇

뭍 | 뭍으로 돌아와 그동안 번 돈으로 (가난한 사람들을 구제하고)
변 부자에게 빌린 돈을 열 배로 갚다.

⬇

허생의 집 | 이완 대장에게 천하를 도모할 세 가지 계책을 제안하고 사라지다.

2. 다음 허생의 말을 통해 당시 사회의 경제 상황을 유추하여 빈칸을 채워 보자.

"허허, 겨우 만 냥으로 나라의 경제를 흔
들어 놓았으니, 이 나라 형편이 어떤지 알
만하구나."

➡ 조선의 경제 규모가 작고 기반이
취약해서 작은 충격에도 휘청했다.

3. 허생이 이완에게 계책을 제안하는 장면을 드라마 대본으로 다시 쓰고자 한다. 이 작품의
작가가 비판하고자 하는 생각이 드러나도록 빈칸에 적당한 말을 넣어 보자.

허생과 이완 대장이 마주 앉아 대화를 나눈다. 방 안은 어둡다.

허생 (엄한 표정으로) 숨은 인재를 등용하기 위해 임금이 삼고초려하도록 하시오.

이완 (곤란한 표정으로) 임금 체면에 삼고초려는 불가하오. 그리고 조정에서 지지하지
않는 인재를 등용할 만큼 임금은 힘이 없소.

허생 예와 법도를 따지는 분들이 명나라에 은혜를 갚아야 한다고 하시니 좋은 방도가
있소. 청나라를 세운 만주족을 피해 조선 땅으로 들어온 명나라 후예들에게 종실
의 딸들을 내어주고, 권세가들의 재산을 몰수하여 나눠 주시오.

이완 (더 곤란한 표정으로) 아무리 명나라의 후예라 해도 우리와 다른 피를 가진 민족이
오. 누가 사위 삼으려 하겠소. 심지어 재산을 내놓으라니요. 가당치 않소.

허생 지피지기면 백전백승이라 했소. 청나라를 치려면 그들이 먼저 우리를 믿도록 해야
하오. 사대부의 자제를 뽑아 변발을 시키고 오랑캐 복장을 입혀 청나라에 보내 신임
을 얻게 하시오.

이완 (고개를 가로저으며) 조선 사대부의 예법이 있는데, 어찌 되놈의 머리 모양을 하고
옷을 입으라 하시오. 말도 안 되오.

허생 (크게 화를 내며) 조선의 사대부들은 진짜 북벌을 할 의지가 있는 거요? 없는데 떠
들기만 하는 거요? 체면과 예법만 앞세우는 사대부들이 한심하오. 일찍이 공자께서
말뿐인 사람을 나무라며 언행일치를 강조하셨거늘, 사대부라는 자들이 입으로만
나불거리다니 부끄러운 줄 아시오.

4. 아래 법을 위반한 죄로 허생이 현대판 법정에 섰다. 검사의 기소와 변호인의 변론을 듣고, 허생이 유죄인지 무죄인지 혹은 일부 유죄인지 판결해 보자.

물가안정에 관한 법률 제7조(매점매석 행위의 금지)

사업자는 폭리를 목적으로 물품을 매점(買占)하거나 판매를 기피하는 행위로서 기획재정부장관이 물가의 안정을 해칠 우려가 있다고 인정하여 매점매석 행위로 지정한 행위를 하여서는 아니 된다.

한국은행법 제53조의2(주화의 훼손 금지)

누구든지 한국은행의 허가 없이 영리를 목적으로 주화를 다른 용도로 사용하기 위하여 융해·분쇄·압착 또는 그 밖의 방법으로 훼손해서는 아니 된다.

허생은 유죄인가 무죄인가	
검사의 기소	재판장님, 허생은 폭리를 목적으로 과일과 말총을 매점한 후 판매하지 않아 가격 폭등을 주도했습니다. 이는 결국 물가를 폭등시켜 시장 경제에 악영향을 주고 서민 경제를 파탄으로 몰고 갔습니다. 또한 국가가 발행한 화폐를 바닷물에 던져 다량으로 없앰으로써 시장에 돈이 돌지 않게 했고, 이는 경기 침체로 이어졌습니다. 허생은 물가안정에 관한 법률 제7조, 한국은행법 제53조의2를 모두 위반했으므로 징역 5년과 오만 냥의 벌금형에 처해 주시기 바랍니다.
변호사의 변론	재판장님, 허생이 과일과 말총을 매점매석한 행위는 인정하나 그 목적이 폭리에 있다고 볼 수 없습니다. 이는 경제에 대한 실험을 마친 후 남은 돈을 바다에 버린 행위를 통해 입증 가능합니다. 또한 주화를 훼손한 것도 영리를 목적으로 한 것이 아니므로 주화의 훼손 금지법에도 해당하지 않습니다. 그러므로 허생은 무죄입니다.
판사의 선고	허생이 매점매석으로 물가의 안정을 해치고 큰돈을 번 것은 물가안정에 관한 법률 제7조 위반에 해당한다. 그러나 매점매석으로 국내 경제의 구조적 문제를 확인하고 번 돈으로 도둑 문제를 해결하였으니 결과적으로 나라에 도움이 되었다. 또한 일본과의 교역을 통해 번 백만 냥 중 바닷물에 던져 훼손한 오십만 냥은 국내에 유통되는 화폐로 볼 수 없으며 오히려 시중에 많은 양의 화폐가 풀려 화폐의 가치를 하락시킬 위험을 방지한 것으로 볼 수 있다. 이에 물가안정에 관한 법률 제7조 위반죄를 일부 인정하여 징역 1년에 집행유예 2년, 사회봉사 20시간을 선고한다.

8. 박씨전 | 235~237쪽 |

1. 이 소설의 주요 사건을 시간순으로 정리한 것이다. 빈칸에 알맞은 말을 넣어 보자.

> 이 상공의 아들 이시백과 박 처사의 딸이 혼인하게 되었으나, 이시백은 박씨의 얼굴이
> 너무 못생긴 것을 알고 대면조차 하지 않음. 박씨는 후원 피화당에서 홀로 지냄.

⬇

> 박씨가 건네준 연적을 사용해 과거 시험을 치른 이시백이 장원 급제함.
> 박씨는 아버지 박 처사가 알려 준 대로 둔갑술을 부려 허물을 벗고 절세가인이 됨.

⬇

> 이시백이 박씨를 박대했던 지난 일을 뉘우치고, 부부간의 정이 날로 깊어짐.
> 한편 점점 세력이 커지던 청나라가 조선에 침입하여 나라는 위기에 빠짐.

⬇

> 박씨가 청나라 장수 용울대를 물리치자 그의 형 용골대가
> 동생의 원수를 갚겠다며 피화당에 들이닥치지만, 박씨가 비범한 능력으로 항복시킴.

⬇

> 박씨는 국난을 평정한 공을 인정받아 임금으로부터
> 정렬부인의 칭호를 받고 이시백과 행복한 여생을 보냄.

2. 작품 속에서 '박씨'가 변신하기 전과 후 달라진 점을 비교해 보고, 여기에 투영된 조선 시대 여성
들의 바람은 무엇이었을지 상상해 보자.

변신 전	변신 후
• 남편과 집안사람들의 구박을 받으며 외로움과 시름 속에 지냄. • 가정에서 뛰어난 능력을 발휘하지만 인정받지 못함.	• 온 집 안에 기쁨이 넘쳐흐르고 가족 간의 정은 날로 깊어 감. • 가정에서 인정받고 사회적으로 능력을 발휘하여 나라를 위기에서 구함.

조선 시대 여성들의 바람	• 예뻐져서 가족의 인정을 받고 싶다. • 비범한 능력을 갖추고 남자 못지않게 큰일을 하고 싶다.

3. 다음은 「박씨전」의 배경이 되는 역사적 사실과 「박씨전」의 내용을 비교한 것이다. 이것을 바탕으
로 이 소설의 창작 의도를 유추해 보자.

역사적 사실	조선이 청나라의 침입을 받아 일어난 병자호란에서 크게 패하여 왕이 굴욕적인 항복을 함.
박씨전	박씨가 뛰어난 재주와 지략을 발휘하여 용골대 형제가 이끈 청나라 군사들을 크게 물리침.

창작 의도
• 병자호란 때의 굴욕적인 패배와 고통을 문학 작품을 통해 극복하고자 함. • 청나라에 대한 복수라는 민중들의 희망 사항을 형상화함. • 상상의 세계에서만이라도 민족의 자주성을 지키고자 함

4. 남존여비 사상이 삶을 뿌리 깊게 지배한 조선 시대에 여성을 영웅으로 묘사한 「박씨전」은 그 자체로 매우 파격적인 작품이었다. 그럼에도 불구하고 이 작품에는 여성에 대한 의식의 한계를 보여 주는 부분들이 여전히 존재한다. 다음 글을 참고하여, 「박씨전」에서 여성 인물을 다루는 방식을 비판적으로 살펴보자.

> 아름다운 외모는 어느 시대를 막론하고 부러움의 대상이고 인간관계를 원활하게 만드는 요인이 될 수 있다. 좋은 인상을 주는 외모를 갖기 위해 노력하는 것은 자연스러운 일이지만, 문제는 지금 우리 사회가 외모에 지나치게 집중하고 있다는 것이다. 즉 외모가 개인 간의 우열, 인생의 성패를 좌우한다고 믿고 지나치게 집착하는 '외모 지상주의'의 경향까지 보이고 있다. 정도의 차이는 있지만 이제 남녀 구분 없이 청소년부터 성인에 이르기까지 누구든 외모로 평가받는 세상 속에서 끊임없이 자신의 외모를 관리해야 하는 힘겨운 현실과 마주하고 있다.

박씨는 뛰어난 능력이 있었으나 얼굴이 못생겨서 남편과 집안사람들에게 인정을 받지 못한다. 후에 허물을 벗고 절세가인이 되고 나서야 가정에서 인정받고 사회적으로 능력을 발휘하여 나라를 위기에서 구하게 된다. 하지만 박씨가 아름다운 외모를 얻은 후에야 그 능력을 인정받을 수 있게 묘사한 것은 여성에게 아름다운 외모가 그 어떤 다른 능력보다 중요하다는 그릇된 인식을 갖게 만든다.

중3

수필

1 관점과 주장 이해하기

다음 글에서 글쓴이가 대상을 설명하거나, 또는 독자를 설득하기 위해 취하고 있는 관점이나
주장이 무엇인지 이야기해 봅시다.

(1) 「시계는 어떻게 달력을 이겼을까?」 (17～18쪽)

하늘을 살피는 마음은 자연을 살피는 마음이다. 자연의 계절, 철을 아는 인간은 무리를
하지 않는다. 그래서 세상을 온전하게 한다. 하지만 철을 모르는 인간은 욕심껏 제멋대로 살
며 세상을 어지럽게 한다. 지금 인류에게 필요한 것은 '자연을 살피는 마음'이다. '시간은 돈'
이라며 째깍거리는 시계는 우리 마음을 조급하게 한다. 그러나 우리는 멈추어 서서 조급한
마음을 가라앉히고, 자연의 리듬을 담고 있는 달력의 의미를 곰곰이 곱씹어 봐야 한다.

자연의 질서를 거슬러서 사는 삶은 시간을 중시하지만, 이것은 자연의 리듬에 발맞추어 균형을 이루면
서 살아온 사람의 삶을 뒤흔든다. 오히려 오늘날 우리에게 필요한 것은 '시간은 돈'이 아니라 '자연을 살
피는 마음'임을 말하고 있다.

(2) 「유럽은 왜 빵빵 할까?」 (22～23쪽)

유럽은 신대륙 발견 이전까지만 해도 농사에 불리한 자연환경 때문에 먹고사는 것이 참
힘들었다. 그러나 시련이 사람을 강하게 만들어주듯이 서늘한 여름, 빙하 박토라는 열악한
환경은 유럽인들로 하여금 세계 최고의 빵을 만들게 했다. 유럽을 '빵빵'하게 만든 것은 바
로 열악한 자연환경을 극복한 그들의 땀방울인 셈이다.

유럽인들이 농사에 불리한 자연환경을 극복하기 위해 땀을 흘려서 적합한 품종을 찾아내서 세계 인들이 좋아하는 빵을 만들었는데, 이것은 유럽인들이 흘린 노력의 대가로 얻은 것임을 강조하고 있다.

(3) 「인간의 서식지를 예감한다」 (35~36쪽)

동물원은 사람을 위해서 만들어졌다. 그렇다면 동물의 입장에서 동물원은 무엇인가? 감금 과 억압의 장소인 경우가 많다. 대부분의 동물원에서는 종별로 고유하게 지니고 있던 소생활 권을 무시하고 인위적으로 통합하고 배치해 놓고 있다. 그 결과 자연에서라면 서로 접하지 못 하는 동물들끼리 가까이에서 지내야 한다. 그리고 초원을 날아다니며 사냥해야 할 맹금류들 이 낯설고 좁은 울타리 안에서 안정적으로 제공되는 식사에 길들여지면서 야성을 잃어 간다.

동물원이 사람들에게는 구경하는 재미와 즐거움을 느낄 수 있지만, 거꾸로 동물의 입장에서는 전혀 다 른 고통의 공간일 수 있음을 말하면서, 동물원을 생명이 평화롭게 공존하는 공간으로 새롭게 구조화해 야 함을 설득하고 있다.

(4) 「모두를 위한 디자인」 (60쪽)

'모두를 위한 디자인'은 디자이너가 애정을 갖고 사람들의 지극히 평범한 일상생활을 관 찰하고, 사람들이 인식하지 못하는 불편한 점을 찾아내어 그 개선 사항을 반영할 수 있어야 가능하다. 개성이나 상상력을 발휘하고 튀어 보려는 마음보다는 타인을 보살피려는 마음 자 세에 서 비롯한다고 할 수 있다. 그렇다고 이런 디자인이 이윤을 완전히 배제하고 남을 돕는 일만 하려 한다고 착각해서도 안 된다. '모두를 위한 디자인' 역시 사업적 가치가 큰 미래 산 업 중의 하나이다.

모두를 위한 디자인은 사회적인 약자들에게도 편리하고, 보통 사람들에게도 유용한 시설, 물건, 환경을 추구하는데, 이것은 사업적 가치도 큰 미래 산업임을 강조하고 있다.

(5) 「생명을 불어넣는 마법사의 물」 (94쪽)

의심은 마법사의 물과 같습니다. 의심하는 순간 죽어 있던 진실이 생명을 얻고 살아나기 시작하니까요. 그렇다고 밑도 끝도 없이 의심만 해야 한다는 이야기는 아닙니다. 모두가 옳 다고 주장하는 이야기라도 틀릴 수 있다는 사실을 잊지 말아야 한다는 것입니다.

다른 사람들이 진실이라고 강변하더라도 그대로 받아들이지 않고 과연 그러한가? 의심해 보는 태도가 중요하다. 우리를 둘러싼 잘못된 믿음에 의심을 품고 실험으로 입증하여 바로 잡는 일을 해야 한다.

|108~109쪽|

 2 같은 화제, 다른 관점 비교하기

'에어컨'을 주제로 한 두 편의 글 「에어컨 만세」(이정모)와 「에어컨이 만든 삶」(박성호)에서 각각의 글쓴이가 대상을 어떤 관점에서 바라보고 있는지 비교해 봅시다.

(1) 「에어컨 만세」의 글쓴이가 "에어컨은 최소한의 인권의 문제다."(65쪽)라고 말한 까닭은 무엇일까요?

내가 여름에 에어컨 없이 살 수 없다면, 다른 사람들도 마찬가지다. 따라서 아파트 경비실이나 군대 막사에도 에어컨이 필요한 것이다.

(2) 「에어컨이 만든 삶」의 글쓴이가 에어컨을 사용하는 것을 두고 '폭탄 돌리기'(69쪽)라고 한 까닭은 무엇일까요?

에어컨은 열 교환 장치이기에 실내에서 에어컨을 켜면 실외의 공기는 뜨거워진다. 이처럼 세상은 누군가 버린 열을 서로 떠넘기는 폭탄 돌리기 같은 모습이기 때문이다.

(3) 「에어컨 만세」의 글쓴이는 '에어컨 없이 더위를 견디며 살겠다는 다짐은 교만이었다'(65쪽)고 말하면서 에어컨에 대한 자신의 생각을 밝히고 있습니다. 그렇다면 글쓴이는 에어컨이 가져온 변화를 어떤 관점에서 보고 있나요?

글쓴이는 에어컨이 가져온 변화를 긍정적인 관점에서 바라보고 있다. 글쓴이는 에어컨 없이는 여름을 지내기 어렵다고 고백하며, 많은 사람들이 에어컨을 사용할 수 있게 해야 한다고 주장한다.

(4) 「에어컨이 만든 삶」의 글쓴이는 에어컨 사용이 인간과 자연의 삶에 미치는 악순환의 고리를 걱정합니다. 그렇다면 글쓴이는 에어컨 사용에 대해서 어떤 관점을 취하고 있나요?

글쓴이는 에어컨이 가져온 변화를 부정적인 관점에서 바라보고 있다. 글쓴이는 에어컨 없이도 여름을 시원하게 지낼 수 있고, 사람들이 에어컨에 의존하는 삶에서 벗어나야 한다고 주장한다.

(5) 「에어컨 만세」의 글쓴이와 「에어컨이 만든 삶」의 글쓴이의 관점 가운데 ① 더 타당하다고 보이는 관점은 무엇인지 ② 왜 그렇게 생각하는지 친구들과 이야기해 봅시다.

① 나는 「에어컨이 만든 삶」의 글쓴이의 관점이 더 타당하다고 생각해.

② 에어컨을 자꾸 켜게 되면 실내 공기가 추워지는 만큼 실외 공기가 더워지게 되는데, 이는 결국 에너지를 낭비하는 일을 서로 떠넘기는 행동일 뿐이기 때문이야. 다른 방법으로 더위를 물리칠 수 있다면 그 길을 찾는 것이 후세들을 위해서도 바람직하다고 생각해.

3 매체를 활용하여 표현하기

여기 평생 농사를 지으면서 자식을 키우느라 제때에 학교에 다닐 기회조차 받지 못한 조재용 할머니가 계십니다. 이 할머니는 늦게서야 글자를 배우고 글을 쓰게 되었어요. 할머니는 자신이 가장 잘 만들 수 있는 요리에 대해 설명하고 요리 과정과 방법을 알려 주고 있습니다. 여러분도 자신이 좋아하는 요리에 대해 글로 써 보고 요리법을 그림으로 표현해 봅시다.

'조재용'표 돼지배추김치찌개

같이 모여서 나눠 먹는 돼지배추김치찌개

김치찌개를 해 주믄 아들딸이 맛나다고 칭찬을 많이 혔지. 우리 둘째 아들이 특히 좋아허는디, 다른 가족들도 좋아혀서 집에 오믄 이것만 먹구들 가. 자식들 집에 온다 하믄 늘 준비를 해 가지구 먹지. 같이 모여서 다글다글 끓여 노나 먹으믄 참 맛나. 누구한테 배운 건 아니고 내가 혼자서 이리저리 허다 보니 맛이 들었지. 지금은 늙어서 손맛이 덜한디도 애덜이 여전히 맛있게 먹어 주니 고맙구말구. 정육점 가서 찌개 넣는 고기 맛있는 거 달라 허믄 줘. 이름은 몰러. 더 비싸다 하대. 돼지고기를 삶을 때 찬물에 풍덩 담가서, 한 번 끓여서 물을 버려. 김치는 꼭 들기름에 볶아야 혀.

(글과 그림은 『요리는 감이여』, 창비교육 2019, 75면에서 인용함.)

요리법

❶ 돼지고기를 찬물에 넣어 삶는다.

❷ 뚝배기에 들기름을 붓고 돼지고기와 배추김치 반 포기를 썰어서 같이 볶는다.

❸ 물을 넣고 팔팔 끓인다.

❹ 파를 1대 썰어 넣고 다진 마늘과 설탕 1숟갈씩을 넣는다.

❺ 마지막으로 비린내를 없애기 위해 다진 생강을 1숟갈 넣는다.

❻ 조금 더 끓이면 완성!

달걀쑹볶음밥   양문경(학생)

엄마 아빠와 함께 먹는 달걀쑹볶음밥

우리 집에서 휴일에는 딸인 제가 요리를 해요. 처음에는 아빠가 해 보라고 부엌으로 밀어 넣을 때 겁나기도 했고요. 제가 달걀을 좋아해서 달걀을 가지고 하는 볶음밥을 해 보았어요. 먼저 대파를 썰고, 달걀을 깨서 그릇에 풀고요. 다음에는 밥과 소금을 넣고 섞어 줍니다. 처음에는 달걀을 먼저 익힌 뒤에 밥 위에 얹어서 먹었는데 해 보니까 아예 같이 하는 게 좋더라고요. 프라이팬에 대파와 기름을 넣고 볶은 뒤에 밥과 소금, 계란이 들어간 물을 부어서 볶아 줍니다. 마무리는 좋아하는 케첩으로 아빠가 좋아하는 모양을 그려 넣어요. 이렇게 먹고 나면 우리 아빠 입은 귀까지 달려간답니다. 끝.^^

요리법

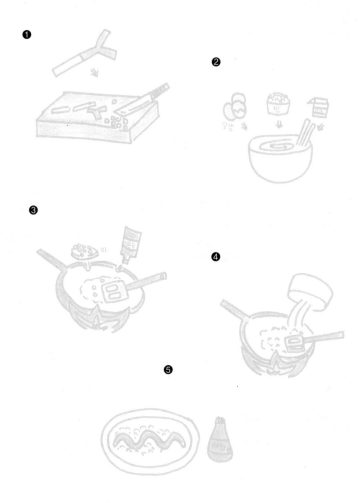

❶ 대파를 물에 깨끗하게 씻어서 썰어 준다.
❷ 달걀을 깨서 그릇에 풀고 밥과 소금을 넣어 섞어 준다.
❸ 달아오른 팬에 대파와 기름을 넣고 파 기름을 내 준다.
❹ 파 기름에 ❷번 재료를 볶아 준다.
❺ 케첩을 얹어서 마무리한다.

2부

|220~227쪽|

 1 '나의 열여섯 파노라마' 카드 만들기

영화에서 주인공이 위기에 빠지는 순간, 파노라마처럼 쭉 펼쳐진 자신의 인생을 떠올리는 장면을 본 적이 있나요? 실제로는 긴 시간이었지만 지나고 보면 굉장히 짧은 순간처럼 느껴집니다. 여러분은 어색한 교복을 입고 떨리는 마음으로 교문 안으로 첫 발걸음을 내딛던 날을 뒤로하고 이제 또 다른 설렘을 찾아 교문을 나서야 할 날이 얼마 남지 않았습니다. 지난 중학교 생활을 떠올려 보고 인상 깊었던 장면들을 포착하여 '나의 열여섯 파노라마' 카드를 만들어 봅시다.

(1) 지난 3년 동안 기억에 남는 경험을 떠올려 봅시다.

(2) 떠올린 기억을 파노라마 카드로 만들어 봅시다.

① 4절지를 반으로 잘라 가로가 긴 종이를 준비합니다.

② 병풍처럼 세울 수 있도록 모양을 잡아 접습니다.

③ 카드에 기억에 남는 장면을 그림으로 그리고, 경험과 느낌을 간략하게 적습니다.

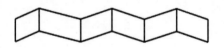

나의 열여섯 파노라마   유소은(학생)

〈펼친 모습〉

〈표지〉

2017. 3. 2. 중딩 되던 날

드디어 중학생이 되었다. 6년의 초등 생활이 끝났다니! 내가 중학생이라니!! 선생님 걱정, 친구들 걱정… 온갖 걱정을 하며 학교에 갔지만 담임 선생님은 좋으셨고, 말 걸어 보고 싶은 아이들도 많았다. 입학식이 끝나고 집에 와 배달 음식 시켜 먹으면서 조잘조잘 떠들었다. 모든 게 떨리지만, 모든 게 처음이라서 설레었던 중학교 입학식.

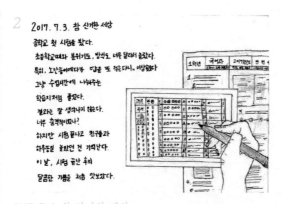

2017. 7. 3. 참 신기한 세상

중학교 첫 시험을 봤다. 초등학교 때와 분위기도, 방식도 너무 달라서 놀랐다. 특히, 노란 종이에다가 답을 또 적는다니… 이상했다. 그냥 수업 시간에 나눠 주는 학습지처럼 풀었다. 결과는 잘 생각나지 않는다. 너무 충격적이었나? 하지만 시험 끝나고 친구들과 하루 종일 놀았던 건 기억난다. 이날, 시험 끝난 후의 달콤한 기쁨을 처음 맛보았다.

3 2018. 7. 20 Hello, Eugene!

2018. 7. 20. Hello, Eugene!

오빠들과 미국의 고모네에 다녀왔다. 가기 전날까지 가기 싫어서 우울했는데 막상 비행기를 타고 나니까 설레었다. "(홀짝) 카아—"

신라면을 먹었는데 그 뜨듯하고 얼큰한 맛이 잊혀지지 않는다. 넓은 호수에서 배를 타고 재즈를 들으며 피자를 먹고 그토록 행복할 수가 없었던 여행. 지금도 그때의 기억을 꺼내면 슬며시 입가에 미소가 지어진다.

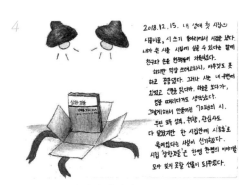

4 2018. 12. 15. 내 생애 첫 시집

2018. 12. 15. 내 생애 첫 시집

시끌詩끌, 시 쓰기 동아리에서 시집을 냈다. 내가 쓴 시를 시집에 실을 수 있다는 말에 친구와 손을 번쩍 들어 지원했다. 하지만 막상 쓰려고 하니, 아무것도 못 하고 끙끙댔다. 그러나 시는 내 주변에 있었고, 신문을 읽다가, 하늘을 보다가, 멍을 때리다가도 생각났다. 그렇게 해서 만들어진 70편의 시. 우린 모두 성격, 취향, 관심사도 다 달랐지만 한 시집 안에 시(詩)로 묶여 있다는 사실이 신기했다. 시집 「상한 것들」은 한 명 한 명의 이야기를 모아 잊지 못할 선물이 되어 주었다.

2019. 5. 22. 철도 공사 끝난 날

5학년 가을에 시작한 치아 교정. 거의 4년이 다 되어 갈 무렵, 끝이 났다. 교정기 때문에 못 먹는 음식도 많고, 정기 검진 받으러 치과에 간 날이면 너무 아파서 잠도 안 왔다. 하지만 너무 오랜 세월을 같이 지내서 그런지 치과에서 이제 빼겠다고 할 때, 좀 아쉬운 마음이 들었다. 의사 선생님 말 더 잘 들을걸, 하는. 그런데 빼고 나니까 이도 안 아프고, 먹을 수 있는 것도 많아지고 너무 좋았다. 특히 양치질할 때, 위아래로 할 수 있어서 얼마나 행복하던지! 고통스럽기도 했지만 많은 걸 알려 준 교정기야, 고마워!

2019. 12. 31. 이젠, 안녕

중학교 입학식도 엊그제 같건만 중학교 졸업식을 했다. 12월 31일, 한 해의 마지막 날, 졸업식이니까 오랜만에 교복을 신경 써서 입었는데 이 교복을 마지막으로 입는다는 생각이 드니 참으로 섭섭했다. 3학년이 다 학교 체육관에 모이는데도 시간이 꽤 걸렸다. '웅성웅성, 키득키득' 제각기 떠드는데 모두 아쉬워서 한마디라도 더 하는 것 같았다. 추운 겨울, 손과 볼은 빨개졌지만 우리는 설렘과 아쉬움, 눈물로 뜨거워진 마음으로 또 한 번의 졸업을 하였다.

「여러분이 사랑하는 것을 찾아야 합니다.는 스탠포드대학교 졸업식에서 스티브 잡스가 한 연설입니다. 인생의 변곡점이 있을 때마다 그를 지탱했던 유일한 힘은 바로 '자신이 하는 일을 사랑하는 것'이었다고 고백합니다. 여러분은 지금 자신이 좋아하는 일, 자신이 원하는 일, 자신이 사랑하는 일을 찾아보는 중입니다. 그것은 '미래의 직업'이나 '실현하고 싶은 꿈'일 수도 있겠지요. '내가 사랑하는 일'을 주제로 자유롭게 글을 써 봅시다.

내가 사랑하는 일

학생 예시 글 1

열여섯의 사랑 　　　　　　　　　　　　　　　　　　　　수진(학생)

　"사랑해."
　"나도."

　학교엔 커플이 참 많다. TV 속 드라마엔 항상 사랑을 나누며 행복해하는 연인들이 있다. 내 나이 열여섯, 이팔청춘이라고 하던가, 한창 사랑이 궁금할 나이라지. 사랑을 한다는 건 어떤 느낌일까. 알고 싶다. 사랑을 상상해 보자. 사랑은 눈부시게 아름답겠지. 사랑하는 연인을 만날 땐 비가 와도 행복할 거야. 진짜 사랑은 어려움이 있을 때 더 깊어진다더라. 역경이 둘 사이를 가로막아도 사랑으로 이겨 내. 다른 친구들이 비웃더라도 아랑곳하지 않고 사랑을 이어 나가……
　일과 사랑에 빠진다면 어떨까? 힘들어도 행복하고, 지쳐서 포기하고 싶더라도 계속할 것이다. 남들이 보기에 초라하고 보잘것없을지라도 멈추지 않겠지. 사랑하기 때문이다. 내 꿈은 의사이다. 의사가 되어 아픈 사람들을 도와주는 나를 상상해 본다. 절로 미소가 지어진다. 눈이 맑게 반짝인다. 가슴이 두근거린다. 이게 사랑일까?
　슈퍼히어로가 나오는 영화를 보면, 슈퍼히어로가 위험에 빠진 사람들을 구하고 정의를 실현한다. 언제 보아도 가슴 설레고 멋지다. 뛰어난 능력이 있다고 모두 영웅이 될 수 있는 것은 아니다. 영웅에겐 사람들이 필요로 할 때 언제라도 달려가 몸을 바칠 수 있는 희생정신이 필요하다. 사람들은 절망 속에서도 희망을 품을 수 있다. 언제부터인지 의사가 되고 싶은 이유가 무엇인지는 정확히 모르겠다. 다만, 영화 속 슈퍼히어로처럼 내 마음속 어떤 부분이 남을 도와주며 보람을 느끼고, 다른 사람이 행복할 때 기쁨을 느낀다. 현실은 영화처럼 순식간에 문제가 해결되지는 않을 거라는 건 안다. 그래도 질병으로 고통받는 사람들 곁에서 함께하고 싶다.
　의사가 꿈이라서 억울할 때가 있다. 공부를 잘해서 혹은 돈을 많이 벌고 싶어서 의사가 되고 싶어 한다고 지레짐작하는 사람들이 많기 때문이다. 엄마가 걱정스러운 얼굴로 의사는 힘든 일이니 다른 직업을 생각해 보라고 권하실 때도 속상하다. 의사는 생명을 다루는 직업이다. 그만큼 막중한 책임감이 따른다. 많은 의학 지식을 빠르게 익혀야 하고, 강한 체력과 정신력, 공감 능력도 갖춰야 한다고 겁을 준다. 준비할 게 참 많고 갈 길이 멀다. 어떤 날은 내가 과연 할 수 있을까라는 생각도 한다. 그래도 의사가 되길 꿈꾼다. 내가 사랑하는 일이기 때문이다. 다른 사람들이 나름의 기준으로 나의 꿈에 대해 오해를 하든, 조언을 하든, 그 길을 걸어갈 것이다.
　쉬는 시간, 책상에 팔을 괴고 앉아 있다. 둘러보면 커플들이 참 많다. 행복해 보이는군. 어쩌면 내가 찾는 사랑은 오랜 기다림이 필요할지도 모르겠다. 하지만, 언젠가는 사랑하는 사람도, 사랑하는 일도 모두 찾을 수 있을 거라 믿는다. 사랑이 궁금한 내 나이 열여섯, 아름다운 사랑을 위해 오늘도 최선을 다한다. 꿈을 향해 한 걸음 더 내딛는다.

학생 예시 글 2

꿈을 향해 직진!   장준혁(학생)

'꿈이 없는 사람에게는 미래도 없다.'

누구나 한 번쯤은 들어 본 말이다. 꿈꾸지도, 간절히 바라지도 않는 사람에겐 미래도, 희망도 없다는 의미로 잘 알려져 있다. 꿈이라는 구체적인 목표를 품을 때, 도전할 수 있는 용기가 생기고, 성취할 수 있는 가능성이 높아진다는 뜻도 담고 있다. 막연하고 희미하게만 느껴졌던 나의 미래가 언젠가부터 조금씩 뚜렷하게 보이기 시작한 것도 바로 '꿈'을 갖게 되면서부터였다. '꿈'이 생기고 나서부터 어른이 되어 어떤 일을 할지, 무슨 일을 해야 행복한 삶을 살 수 있을지 답을 찾게 된 것 같다. '꿈'이 주는 힘과 용기를 얻게 된 것이다.

초등학교 4학년 때였다. 부모님과 함께 늘 그렇듯 TV를 보고 있었다. 매일같이 정해진 시간에 정각을 알리는 시보 소리가 울리면, 우리 가족들은 TV 화면 앞에 나란히 모여 앉는 것이 일과였다. 뉴스를 보기 위해서였다. 왜 어른들은 매일같이 저렇게 어렵고 재미없는 뉴스 보는 것을 좋아하시는지 솔직히 어린 나에겐 잘 이해가 되지 않았다. 그래서 뉴스 화면을 뚫어져라 쳐다보고 계신 부모님의 뒷모습을 야속하게 쳐다본 날도 많았다. 그런데 그날은 달랐다. 나도 모르게 TV 화면에 자꾸만 눈길이 가는 게 아닌가. 뉴스는 다른 날과 비슷했다. 심각한 얼굴로 정치인들은 책상에 앉아 큰소리를 치고 있었고, 경찰서에는 잔인하게 사람을 해쳤다는 무서운 아저씨가 고개를 숙이고 잡혀 왔다. 저 먼 나라에서 열린 축구 경기가 그나마 좀 재미있었을 뿐이었는데, 화면에서 눈을 뗄 수가 없었다. 내 눈길을 끄는 한 사람이 있었기 때문이다. 뉴스를 전달하고 해설해 주는 사람, 바로 앵커였다.

매일같이 보던 앵커가 그날은 왜 남다르게 다가왔는지 모르겠다. 힘 있는 목소리에 자신감 넘치는 표정, 똑똑해 보이는 말투에다 단정한 옷차림까지 너무나도 근사하고 멋져 보였다. 뉴스의 처음부터 끝까지 진두지휘하는 '뉴스의 사령관'처럼 보이기도 했다. 무엇보다 어른들이 궁금해하고, 우리 부모님이 그렇게도 좋아하는 뉴스를 전달하는 일을 한다는 것이 마음에 쏙 들었다. 그날 이후로, 부모님만큼이나 나는 뉴스를 기다리는 아이가 되었다. 내가 보는 뉴스에선 눈부신 조명이 쏟아지는 뉴스룸의 주인공은 '미래의 나'였다. 상상만으로도 가슴이 설레었다. 나에게 뉴스 앵커의 꿈이 생기게 된 것이다. 그리고 그 '꿈'을 향해 용기를 내어 한 발씩 차근차근 다가서기 시작했다.

"저는 누구보다 방송부 일을 열심히 그리고 성실히 할 자신이 있습니다."

중학교에 입학하자마자 방송부의 문을 두드렸다. 초등학교 때의 방송부에 비하면 경쟁이 치열해 걱정이 앞서기도 했지만, 그렇다고 포기할 수는 없었다. 용기 있게 도전했고, 다행히 결과는 좋았다. 중학교의 방송부 활동을 통해, 더욱 다양한 경험을 하게 되었다. 기계 장비를 만져 보고, 아나운서 멘트도 하면서, 마치 방송사에서 일하는 느낌을 받기도 했다. 학업 스트레스로 힘들 때도 많았지만, 방송부에 와서 마이크를 잡으면 신기하게도 힘든 마음이 다 사라졌다. 한여름에 전교 학급을 다 뛰어다니며 방송 상태를 점검하면서도 쏟아지는 땀방울이 싫거나 아깝지 않았다. 마냥 즐겁고 좋기만 했다. 책을 많이 읽고, 나쁜 말은 쓰지 않으려는 나만의 노력도 기울이면서, 내가 품은 '꿈'이 얼마나 소중한 것인지 점점 분명하게 깨달을 수 있었다.

꿈이 있었기에 가슴 설레는 미래를 그려 볼 수도 있고, 힘들어도 포기하지 않을 수 있다. 꿈이 없다는 친구들도 있지만 아직 못 만났을 뿐이다. 아니면 이미 만났는데도 모르고 있을 수도 있다. 어쩌면 내일, 어쩌면 내년이라도 꼭 꿈을 만나게 되면 좋겠다. 꿈이 없으면 미래가 없다는 걸 믿고 있기에…….

오늘도 나는 방송인을 꿈꾸며 그 길을 향해 한 걸음씩 나아가고 있다. 스마트폰으로 세상을 바꿔 놓은 스티브 잡스처럼, '바보처럼 우직하게'! 그렇게 꿈을 향해 직진할 것이다.

중3

국어 교과서
수록 작품 보기

9종 중학교 국어 교과서 3-1, 3-2 수록 작품 보기

| 시 |

작가	작품	수록 교과서
강은교	숲	창비(이도영) 3-1
고정희	우리 동네 구자명 씨	금성(류수열) 3-2
고재종	첫사랑	지학사(이삼형) 3-2
공광규	얼굴 반찬	비상(김진수) 3-1
권대웅	햇빛이 말을 걸다	금성(류수열) 3-1
김광섭	성북동 비둘기	지학사(이삼형) 3-1
김상용	남으로 창을 내겠소	교학사(남미영) 3-1
김소월	진달래꽃	교학사(남미영) 3-2 창비(이도영) 3-2
김애란	길	창비(이도영) 3-2
김종삼	묵화	지학사(이삼형) 3-2
김춘수	꽃	천재(박영목) 3-1
나태주	3월에 오는 눈	천재(박영목) 3-1
나태주	풀꽃 · 1	금성(류수열) 3-1
나태주	행복	미래엔(신유식) 3-1
나희덕	귀뚜라미	교학사(남미영) 3-2
마종하	딸을 위한 시	지학사(이삼형) 3-1
박팽년	까마귀 눈비 맞아	천재(박영목) 3-2
반칠환	나를 멈추게 하는 것들	지학사(이삼형) 3-1
백석	멧새 소리	지학사(이삼형) 3-2
백석	수라	비상(김진수) 3-2
신경림	가난한 사람 노래	금성(류수열) 3-2 천재(노미숙) 3-2

작가	작품	수록 교과서
신동엽	봄은	미래엔(신유식) 3-2
신동엽	껍데기는 가라	미래엔(신유식) 3-2
신동엽	산에 언덕에	미래엔(신유식) 3-2
안도현	봄비	교학사(남미영) 3-1
안도현	돼지고기 두어 근 끊어 왔다는 말	천재(노미숙) 3-1
오규원	포근한 봄 — 산에 들에 3	미래엔(신유식) 3-1
오규원	빗방울	비상(김진수) 3-2
오지연	도시 가로수가 들려준 말	미래엔(신유식) 3-2
왕방연	천만리 머나먼 길에	지학사(이삼형) 3-1
월명사	제망매가	비상(김진수) 3-2
유안진	빨래꽃	교학사(남미영) 3-2
유안진	상처가 더 꽃이다	미래엔(신유식) 3-1
윤동주	서시	교학사(남미영) 3-1
윤동주	새로운 길	천재(박영목) 3-1
이문재	광화문, 겨울, 불꽃, 나무	미래엔(신유식) 3-2
이상국	봄나무	천재(노미숙) 3-1
이상희	비가 오면	천재(노미숙) 3-2
이성미	벼락	천재(노미숙) 3-1
이성부	봄	비상(김진수) 3-1
이숙량	분천강호가	천재(노미숙) 3-1
이육사	청포도	천재(노미숙) 3-2 천재(박영목) 3-1
이정하	눈 오는 날	지학사(이삼형) 3-2
정끝별	나비의 '허리'를 보다	동아(이은영) 3-2
정몽주	단심가	교학사(남미영) 3-2
정완영	가랑비	미래엔(신유식) 3-1
정지용	호수 1	교학사(남미영) 3-2

작가	작품	수록 교과서
정철	훈민가	금성(류수열) 3-1 미래엔(신유식) 3-1
정철	내 마음 베어 내어	동아(이은영) 3-1
정현종	비스듬히	동아(이은영) 3-2
정현종	들판이 적막하다	천재(박영목) 3-2
하상욱	내 앞자리만 안 내림	비상(김진수) 3-2
한용운	나룻배와 행인	금성(류수열) 3-1
지은이 모름	가자 가자 감나무	미래엔(신유식) 3-1
지은이 모름	개를 여남은이나 기르되	동아(이은영) 3-1
지은이 모름	수박같이 두렷한 임아	금성(류수열) 3-1
지은이 모름	시집살이 노래	금성(류수열) 3-2
지은이 모름	청산별곡	창비(이도영) 3-1

| 소설 |

작가	작품	수록 교과서
김소진	불나방과 하루살이	지학사(이삼형) 3-2
김해원	봄이 온다	금성(류수열) 3-1
도데, 알퐁스	별	지학사(이삼형) 3-1
도데, 알퐁스	코르니유 영감의 비밀	비상(김진수) 3-1
뤼스타, 미나	발표하기 무서워요!	천재(박영목) 3-2
박완서	그 많던 싱아는 누가 다 먹었을까	미래엔(신유식) 3-1
박지원	허생전	미래엔(신유식) 3-2
박지원	호질	금성(류수열) 3-2
백남룡	60년 후	교학사(남미영) 3-2
생텍쥐페리, 앙투안	어린 왕자	천재(박영목) 3-1
양귀자	길모퉁이에서 만난 사람	천재(박영목) 3-1

작가	작품	수록 교과서
윤흥길	기억 속의 들꽃	동아(이은영) 3-2 천재(노미숙) 3-2
이청준	연	천재(노미숙) 3-1
이효석	메밀꽃 필 무렵	지학사(이삼형) 3-1
전광용	꺼삐딴 리	창비(이도영) 3-2 천재(박영목) 3-2
조정래	마술의 손	동아(이은영) 3-1
지오노, 장	나무를 심은 사람	천재(노미숙) 3-1
최인훈	광장	천재(노미숙) 3-2
최일남	노새 두 마리	미래엔(신유식) 3-1 비상(김진수) 3-2
하근찬	수난 이대	교학사(남미영) 3-2 금성(류수열) 3-2 지학사(이삼형) 3-1
허균	홍길동전	창비(이도영) 3-1
황순원	소나기	창비(이도영) 3-1
황정은	초코맨의 사회	지학사(이삼형) 3-2
지은이 모름	박씨전	천재(노미숙) 3-1
지은이 모름	심청전	지학사(이삼형) 3-2
지은이 모름	춘향전	교학사(남미영) 3-1
지은이 모름	토끼전	천재(노미숙) 3-2
지은이 모름	흥부전	비상(김진수) 3-2

| 수필 |

작가	작품	수록 교과서
강석기	사람과 동물은 대화할 수 있을까	금성(류수열) 3-2
강양구	채식은 만병통치약일까	교학사(남미영) 3-2
강원국	글쓰기는 자신감이 절반	창비(이도영) 3-2
게이츠, 빌	더 나은 세상을 만드는 사람이 되어야 합니다	동아(이은영) 3-1
공선옥	그 시절 우리들의 집	지학사(이삼형) 3-2
곽재구	그림엽서	금성(류수열) 3-1
구본권	자율주행차의 등장	미래엔(신유식) 3-1
구정화	모든 인간은 존엄하다	비상(김진수) 3-2
권순희	남북의 언어 차이가 있나요	동아(이은영) 3-2 미래엔(신유식) 3-1
권용선	책을 재미있게 읽는 비결	창비(이도영) 3-1
김구	나의 소원	교학사(남미영) 3-2
김범묵, 윤용아	정보화의 빛, 새롭고 멋진 신세계	동아(이은영) 3-2
김범묵, 윤용아	정보화의 그늘, 어둡고 위험한 사회	동아(이은영) 3-2
김신	모두를 위한 디자인	지학사(이삼형) 3-1
김용택	자연이 말하는 것을 받아쓰다	지학사(이삼형) 3-1
김인숙	일상 속에서의 대화들이 말의 거리를 지운다	천재(노미숙) 3-1
김찬호	인간의 서식지를 예감한다	교학사(남미영) 3-1
김하나	힘들 때 힘을 빼면 힘이 생긴다	미래엔(신유식) 3-1
김형자	디지털 치매, 당신도 노린다	금성(류수열) 3-1
나희덕	실수	천재(노미숙) 3-1
남창훈	생명을 불어넣는 마법사의 물	미래엔(신유식) 3-1
롤링, 조앤 K.	실패가 준 뜻밖의 혜택 그리고 상상력의 중요성	비상(김진수) 3-2
문종환	밤도 대낮처럼 환하게, 인공 빛의 두 얼굴	천재(노미숙) 3-2
박경화	도시의 밤은 너무 눈부시다	미래엔(신유식) 3-2 금성(류수열) 3-2
박경화	플라스틱은 선혀 분해되지 않았다	비상(김진수) 3-2

작가	작품	수록 교과서
박동규	전쟁의 잔혹함과 인정의 아름다움	비상(김진수) 3-2
박성호	에어컨이 만든 삶	창비(이도영) 3-1
박준	어떤 말은 죽지 않는다	비상(김진수) 3-2
박진호	발랄한 문자 놀이	금성(류수열) 3-1
법정	먹어서 죽는다	창비(이도영) 3-2
법정	직립 보행	지학사(이삼형) 3-2
송길영	빅 데이터를 해석하다	창비(이도영) 3-2
신경림	사립 학교 자리, 시새움과 책전이 키운 아이들	미래엔(신유식) 3-1
심선아	즉석식품은 왜 나쁠까	동아(이은영) 3-1
안광복	시계는 어떻게 달력을 이겼을까?	천재(박영목) 3-1
엄지원	젓가락질 잘해야만 밥 잘 먹나요	천재(노미숙) 3-2
오승현	소유에서 경험으로, 소비에서 나눔으로	미래엔(신유식) 3-2
오형규	느림보 나무늘보의 역발상 생존법: 블루 오션 전략	천재(노미숙) 3-1
유안진	평창 올림픽과 '민속 연구' 단상	미래엔(신유식) 3-1
유씨 부인	조침문	지학사(이삼형) 3-1
윤상원	젓가락으로 시작하는 밥상머리 교육	천재(노미숙) 3-2
윤오영	방망이 깎던 노인	교학사(남미영) 3-1
이규보	이옥설	천재(박영목) 3-2 교학사(남미영) 3-2
이규보	집을 수리하고 나서	천재(노미숙) 3-2
이명옥	소, 다양한 얼굴을 가진	동아(이은영) 3-2
이명현	오리온자리 자료 글	지학사(이삼형) 3-1
이문구	열보다 큰 아홉	미래엔(신유식) 3-2
이상국	나무들은 몸이 아팠다	천재(노미숙) 3-1
이순원	어머니는 왜 숲속의 이슬을 털었을까	천재(박영목) 3-1 금성(류수열) 3-2

작가	작품	수록 교과서
이숭원	이별의 상황과 사랑의 진실	창비(이도영) 3-2
이어령	분수 문화와 폭포수 문화	미래엔(신유식) 3-2
이어령	「진달래꽃」 다시 읽기	교학사(남미영) 3-2
이원영	동물의 권리에 관하여	지학사(이삼형) 3-2
이이화	제기 만드는 방법	미래엔(신유식) 3-2
이정모	에어컨 만세	창비(이도영) 3-1
이정환	불을 끄고 별을 켜자	교학사(남미영) 3-2
이준기	디지털 치매, 걱정할 일 아니다	지학사(이삼형) 3-1 금성(류수열) 3-1
이충렬	간송 전형필	비상(김진수) 3-1
이태준	글을 쓰는 데 도움이 되는 방법	창비(이도영) 3-2
이호준	장독대, 끝내 지켜 내던 가문의 상징	지학사(이삼형) 3-2
잡스, 스티브	여러분이 사랑하는 것을 찾아야 합니다	창비(이도영) 3-2
정민	허균과 이익의 독서 방법	교학사(남미영) 3-1
정약용	근검 두 글자를 유산으로	미래엔(신유식) 3-2
조지욱	유럽은 왜 빵빵 할까?	지학사(이삼형) 3-2
최원석	'똑똑하다'는 것의 의미	금성(류수열) 3-2
최재천	생명의 그물을 함부로 끊지 말아요	동아(이은영) 3-1
킹, 마틴 루서	나에게는 꿈이 있습니다	지학사(이삼형) 3-1 천재(박영목) 3-2
탁석산	'왜?'라고 묻기, 답을 찾기, 평가하기	천재(박영목) 3-1
한국사사전편찬회	일제의 강제 징용	금성(류수열) 3-2
한국역사연구회	조선 시대 사람들은 어떻게 살았을까	금성(류수열) 3-2
홍익희	신대륙의 숨은 보물, 고추 이야기	천재(노미숙) 3-1
KBS 과학 카페 제작팀	벼락치기의 두 얼굴	동아(이은영) 3-1

'국어 교과서 작품 읽기'는 2010년 출간된 이래 수많은 학생들과 학부모, 선생님들에게서 큰 관심과 사랑을 받아 왔습니다. 이전까지 한 권이던 국정 국어 교과서에서 여러 권의 검정 국어 교과서로 바뀌면서, 변화에 발맞추어 다종의 국어 교과서에 실린 문학 작품을 갈래별로 가려 뽑아 재구성해 다채로운 작품을 접할 수 있게 한 시리즈입니다. 초판 이후 2013년에 새로운 교육 과정에 맞추어 개정판을 냈으며, 이번에 다시 한번 개정된 교육 과정에 맞추어 2020년 새 국어 교과서 9종에 대비하는 개정판을 내게 되었습니다. 확 달라진 교육 과정에 맞춤한 '전면 개정판'입니다.

2018년부터 시행되고 있는 '2015 개정 교육 과정'은 학생이 자신과 세계를 이해하고 공동체의 구성원으로 소통하는 법을 배울 수 있도록 국어 교과 역량을 기르는 것을 강조합니다. 즉 비판적·창의적 사고 역량, 자료·정보 활용 역량, 의사소통 역량, 공동체·대인 관계 역량, 문화 향유 역량, 자기 성찰·계발 역량 등을 키우는 일이 중요해집니다. 이를 위해 과목을 넘나드는 창의 융합 활동이 제시되고, 학습량을 20퍼센트 가까이 줄이는 대신 학습의 질을 높였습니다. 국어 교과서에서도 문학 작품을 인문, 과학 영역과 접목해 통합적으로 읽고 생각하기를 권장하고 있습니다.

이번 '국어 교과서 작품 읽기'는 이처럼 문학 작품 독해의 질을 높이고 국어 능력을 강조하는 교육 과정의 큰 변화에 발맞추어 전면 개정한 것입니다. 이 시리즈는 문학 작품을 읽어 가면서 느낀 재미와 감동을 확인하고 스스로 생각하는 힘을 기르는 데 도움을 줄 것입니다.

— '국어 교과서 작품 읽기' 머리말 중에서

『국어 교과서 작품 읽기: 중3』
(전면 개정판) 100% 활용북
비매품